KB156128

어느 식민지 여성의 초상

작가 백신애 모델소설 선집

어느 식민지 여성의 초상

작가 백신애 모델소설 선집

초판 인쇄   2016년 6월 23일
초판 발행   2016년 6월 30일
저 자 이시카와 다쓰조(石川達三)·장혁주
편역자 이승신
펴낸이 이대현
편 집 권분옥
펴낸곳 도서출판 역락
주 소 서울시 서초구 동광로 46길 6-6 문창빌딩 2층
전 화 02-3409-2060(편집부), 2058(영업부)
팩 스 02-3409-2059
등 록 1999년 4월 19일 제303-2002-000014호
이메일 youkrack@hanmail.net

정 가 10,000원
ISBN 979-11-5686-335-9 03830

* 사전 동의 없는 무단 전재 및 복제를 금합니다.
* 파본은 교환해 드립니다.
* 이 도서의 국립중앙도서관 출판예정도서목록(CIP)은 서지정보유통지원시스템 홈페이지
(http://seoji.nl.go.kr)와 국가자료공동목록시스템(http://www.nl.go.kr/kolisnet)에서 이용
하실 수 있습니다.(CIP제어번호: CIP2016016208)

이 저서는 2007년 정부(교육과학기술부)의 재원으로 한국연구재단의 지원을 받아
수행된 연구임(NRF-2007-362-A00019).

어느 식민지 여성의 초상

작가 백신애 모델소설 선집

이시카와 다쓰조石川達三·장혁주 저
이승신 편역

역락

1930년대 일본 유학 시절

20세 무렵의 사진

역자 서문

본서는 일제 강점기에 작가로 활약했던 백신애를 모델로 한 세 편의 소설을 중심으로 편역한 선집이다. 이시카와 다쓰조의 소설 「사격하는 여자」(『신와세다문학(新早稲田文學)』, 1931.8)와 「봉청화」(『분게이(文藝)』, 1938.1), 장혁주의 「편력의 조서」(신초출판사, 1958)의 일부를 번역하고, 백신애의 일본어 수필 네 편, 작가 연보, 작품목록, 부록 논문과 같은 관련 자료를 수록하였다. 「어느 식민지 여성의 초상-작가 백신애 모델소설 선집」이라는 책제목은 세 편의 소설 모두 한국과 일본의 남성작가들이 창작한 백신애를 모델로 한 소설이라는 공통점에서 비롯된 것이다.

백신애는 조선 여성동우회와 여성청년동맹에 가입하여 활동하는 등 사회운동을 하다 신춘문예에 「나의 어머니」가 당선되어 등단한 최초의 여성작가로, 시베리아 방랑체험을 바탕으로 한 「꺼래이」(『신여성』, 1934.1-2)는 참담한 조선의 현실을 벗어나 이주한 농민들을 묘사하여 계급과 민족의 관계를 추구한 작품이다. 이후 향토적 세계를 배경으로 한 빈곤과 여성의 삶을 다룬 소설들을 주로 발표하였으나 32세의 나이로 요절하였다.

이시카와 다쓰조는 브라질 이민의 일원으로 도항한 체험을 쓴 소설 「창맹(蒼氓)」이 1935년 일본의 권위 있는 문학상인 아쿠타가와 문학상 제1회 수상작으로 선정되는 등 시사적인 문제나 사회풍조를 그려낸 작품이 많고, 이후 전후에 대중적인 인기작가로 부상한 일본의 사회파 작가이다. 「사격하는 여자」와 「봉청화」는 백신애를 모델로 한 소설로 알려져 있는데, 또 다른 모델 소설인 장혁주의 『편력의 조서』 속에서 이들 두 작품과 이시카와 다쓰조에 관해 언급되고 있다.

「백신애 연보」(이중기 편 『백신애선집』, 현대문학, 2009)에 따르면 백신애가 일본에 체류했던 시기는 1930년 5월 도일하여 일본대학 예술과에 적을 두고 문학과 연극을 공부하였다고 하지만, 입증할 수 있는 자료는 존재하지 않는다. 조성희라는 이름으로 일본에서 영화배우로 활약했다는 사실이 최근 들어 확인되었을 뿐이다. 1931년 경제적 지원이 끊어져 봄에 귀국하여, 부모의 결혼 강요로 재차 도일하지만 1932년 귀국하여 이듬해 봄에 결혼한다. 「사격하는 여자」에서는 주인공 여성이 '조선 여성'으로 등장하고 있지 않지만, 「봉청화」에 등장하는 동명의 여성 등장인물은 '조선 여성'으로 확실히 언급되고 있다. 소설 「봉청화」 속의 '봉청화'에 관한 기술은 실제 백신애의 행보와 흡사하며, 봉청화가 귀국 후 '나'에게 보낸 편지의 주소지가 경상북도로 나오는데 백신애의 고향이 경북 영천이라는 점에서도 이시카와 다쓰조가 백신애와 친밀한 관계였다는 점을 추정하게 한다.

세 편의 소설이 한국과 일본의 남성 작가의 시선으로 포착한 백신애에 관한 작품이라면, 네 편의 백신애의 일본어수필은 각각『오사카마이니치신문 조선판』과『국민신보』에 연재되었던 것을 번역하였다. 이중기 편『원본 백신애 전집』(도서출판 전망, 2015)에 한국어 번역본이 수록되어 있지만, 이번에 이를 수정, 보완하였다. 백신애의 민낯을 들여다 볼 수 있고, 그녀가 조선의 현실 속에서 고민했던 흔적을 엿볼 수 있는 글로서『원본 백신애 전집』의 작가 연보와 작품 목록, 소설「봉청화」에 관한 논고와 함께 수록하였다.

　마지막으로 세 편의 일본어 소설을 번역하고 간행하는 데 백신애 기념사업회의 이중기 선생님이 큰 도움을 주셨다. 본서에 수록된 졸고를 읽어주신 것이 인연이 되어 졸역을 꼼꼼하게 읽고 의견을 주셨을 뿐 아니라, 백신애의 고향 영천에서 매년 개최되는 백신애 연구 심포지엄에 불러주신 점에 대해 특별히 감사의 말씀을 전하고 싶다.

차례

소설

사격하는 여자

●

이시카와 다쓰조

사격하는 여자

그녀가 저주하여 죽은 남자는 언제나 무두질한 가죽으로 된 수렵복을 입고 쌍발총을 어깨에 짊어지고 있었다. 그녀는 그의, 프라 디아볼로[1] 같은 경쾌한 차림을 떠올릴 때마다, 얼음처럼 날카로워진 거울을 향해 정성껏 화장을 했다. 그리고 거울에 비친 자신의 하얗고 긴 아름다운 턱에서 목에 걸쳐 하얀 퍼프를 두드렸다. 그는 울대뼈 위에 어렴풋이 붉은 빛이 도는 것을 좋아했다. 그래서 그녀는 지금도 울대뼈에 어렴풋이 붉은 칠을 했다. 화장이 끝나면 거울을 덮은 꽃무늬를 철썩 떨어뜨리고, (흥! 저런 자식.) 하며 죽은 그를 저주하며 단발머리를 흔들었다. 그럴 때에는 지금의 남자의 방문을 마음속으로 기다렸다. 그러나 지금의 남자는 너무도 정중하고

---

1) 남(南)이탈리아의 게릴라의 수령. 본명 M.페차. 본디 수도사로서 한때 추기경 루포 (1744~1827) 밑에서 그를 도와(1799) 나폴리를 점령한 프랑스 혁명군과의 전투에 서 용명을 떨치고 나폴리를 탈환하기도 하였으나, 1806년 다시 벌어진 부르봉군과 프랑스군의 전투에서 체포되어 교수형을 당하였다. 오베르의 가극 <프라 디아볼로 Fra Diavolo>로 그의 이름은 널리 알려졌다.

겁쟁이고 성실한 척하며 성인군자인 듯 너무 예의발랐기 때문에, 그녀가 예전의 남자를 생각하지 않는 때에는 찾아오더라도 차갑게 대해야만 했다.

그녀는 저녁 무렵이 되면 반드시 침실에 들어가 안에서 걸어 잠그고, 예전 남자와의 사이에 태어난 아이의 사진을 꺼내서 울곤 했다. (어째서 넌 죽은 거니? 엄마를 혼자 두고 왜 죽은 거니?) 그녀는 우는 것으로 몸속의 찌꺼기나 더러움이 완전히 씻겨 내려가는 것처럼 여겼다.

다 울고 나면 조용히 저녁을 먹었다. 저녁에는 반드시 락교2) 초절임 세 개를 먹었다. 어릴 때부터 그녀는 밤에 잘 우는 아이3)였기 때문이었다. 저녁을 마치면 그녀는 예전의 그가 애용하던 쌍발총을 꺼내어 정성껏 탄환을 넣었다. 이것은 매일 밤 그녀의 베갯머리에 걸쳐 두었다.

"부인의 흉기 취향은 탐탁지 않네요. 관두는 게 어때요?" 그는 우울했다.

"그렇지만 정말 좋아하는 걸요." 그녀는 공기총 카탈로그를 넘기

---

2) 염교. 백합과의 여러해살이풀. 꽃줄기의 높이는 30~60cm이며, 잎은 비늘줄기에서 뭉쳐나고 속이 비어 있다. 가을에 자주색 꽃이 산형(繖形) 화서로 피고 열매를 맺지 못한다. 잎은 절여서 먹으며, 중국 남부가 원산지이다.
3) 일본에서는 락교가 불면이나 수면장애에 효험이 있다고 알려져, 민간요법으로 밤에 우는 아이에게 락교를 먹였다고 한다.

면서 대답했다.

"저 사람은 가을이 되면 자주 사냥을 하러 나갔어요. 갈색 사냥 모자를 쓰고, 새까만 세터 사냥개를 한 마리, 때로는 저도 데리고 갔지요."

"남편이 좋아하던 빨간 모자 말입니까?"

"남편 아닌데요."

"애인이 좋아하던 빨간 모자."

"애인도 아니었어요, 살아있는 동안은요."

"아, 죽어서 애인이 된 거군요. 아니면 그 편이 그 남자에게 행복했었는지도 모르겠구요. 살아있을 때부터 애인이었으면, 그도 죽기 어려웠을 테니까요."

"그랬을 거예요. 그래서 저 누구도 사랑하지 않기로 했어요. 남자들이 안심하고 죽을 수 있게."

"현명하시네요. 저도 안심하고 죽을 수 있을 것 같군요."

"네, 물론이죠. 40엔, 이 공기총 어때요? 저한테 딱이지 않나요?"

"이봐요, 당신." 그는 견딜 수 없어졌다. 이 여자는 대체 앞으로 어쩌려고 하는 것인지 알고 싶었다. "당신의 옛날 애인이 아니었다는 사람은, 당신을 사랑했었나요?"

"말도 안돼요! 다만 용감했던 것뿐이죠. 당신보다 훨씬 용감했죠. 테러리스트. 한 마리 산새를 쏘아 떨어뜨리듯이, 그런 식으로 여자를 쏘아 떨어뜨리는 사람이었죠. 강한 사람이었죠. 뭐든지 자신이 생각

17

하는 대로 하는 사람이었죠. 그리고 부모도 형제도 은인도 자유자재로 배신할 수 있었죠. 마지막으로 저도… 맘먹은 대로 해버렸죠."

"희한한 사람이군요. 그만한 용기와, 그만한 자신감, 무서운 사람이네요. 존경할 만한 점이 있네요."

"그 사람, 제가 저주해서 죽은 거예요. 내 몸에 손대는 사람은 제가 꼭 저주하거든요. 그리고 제가 저주한 사람은 모두 죽는다구요! 그 사람 그렇게 육중한 몸이었는데 결국 후두결핵, 폐결핵, 맹장염, 심장판막증, 모두 하나같이 죽었어요. 다섯 명의 죽음을 혼자서 감당한 셈이죠."

"아ㅡ, 행복한 사람이네요. '어쩌면 목숨은 구할지 모른다.'는 불안함은 단 1분도 느끼지 않고, 꽤 평화롭게 죽었겠네요. 아, 저도 저주받아 죽고 싶어졌어요."

"안돼요, 당신 같은 비겁한 사람은 불쌍해서 저주할 맘이 들지 않거든요. 키스해주고 싶을 정도로."

여자는 그의 얼굴 앞의 공기총 카탈로그를 던지고 웃기 시작했다. 물고기 배처럼 기묘하게 하얀 손으로 얼굴을 덮고 웃었다. 남자는 웃을 때마다 여자가 옅게 붉은 칠을 한 울대뼈가 육감적으로 경련하는 것을 바라보면서 슬퍼졌다. 이 여자가 예전의 그를 잊지 못하는 동안은 결코 자신을 사랑하지 않을 것이라고 생각하니 암담했다. 어떻게든 이 여자로부터 엽총 취미를 없애야 한다. 그다음으로는 그녀의 죽은 아이의 사진을 빼앗는 거다. 또 하나의 방법은

18

그가 앞으로 수렵을 배워서, 예전의 그 남자나 프라 디아볼로처럼 용감하고 산뜻한 모습을 보이는 것이다. 즉 그녀가 현재 그리고 있는 옛날 환상의 남자를 재현하는 일은 그의 취미와는 전혀 반대되는 것이었다. 그렇다면 그녀에게 그런 환상을 빼앗는 노력이 취해야 할 방법이라고 생각되었다.

"빵… 하고 쏘는 거예요." 여자는 환한 표정으로 벽에 걸려있는 예전 자신이 사냥하는 모습의 사진을 쳐다보았다. "그러자 사냥개가 미친 듯이 달려 나가는 거예요. 숲에서 숲으로, 언덕에서 계곡까지도 메아리가 오랫동안 울려 퍼져서, 한참 멀리서도 참새 떼가 푸드득 날아올랐죠. 낙엽 내음이 촉촉한 숲에 화약 냄새가 감돌죠. 갑자기 조용해지죠. 그러면 그 사람이 마른 가지를 뚝뚝 짓밟으면서 걸어 나와요. 뒤를 돌아서 내게 가보자, 라고 말해요. 겨드랑이 아래의 철포에서 여전히 연기가 나오고… 참 무섭죠. 한두 발자국 걸어가자, 풀숲을 거센 바람처럼 바삭바삭 소리 내며 사냥개가 뛰어나와요. 극채색의 꿩의 옆구리를 꽉 물고서…"

"당신은 행복하군요. 추억이란 그 남자처럼 당신을 쏘아 떨어뜨리거나 배신하거나 하지 않으니까, 안심이로군요. 그렇지만 대체 언제까지 그런 환상을 쫓으며 살아갈 생각인 겁니까? 이제 그만둬도 좋은 때인 것 같네요. 삼년이나 되었으니."

"네, 산책하러 가지 않을래요? 차를 타고 밤의 거리를 드라이브하지 않겠어요? 저는 오늘밤 매우 명랑하답니다! 만나줘요, 차 정도는 대접할게요. 그리고…"

그녀는 의자에서 일어나자, 갑자기 그에게 달려들어 키스를 했다.

"이봐요, 괜찮죠? 그럼 가자구요."

그는 현명한 방법을 생각해냈다.

직접 수렵 취미를 그에 대한 사랑으로 바꾸는 것은 어렵다. 이것은 우선 취미의 전환이 필요하다. 즉 다른 스포츠라든가 음악이나 마작이나 춤 같은 것을 그녀에게 권하고, 자연스럽게 철포를 잊게 한다. 이것이 즉 과거의 남자를 잊는 것이 된다. 그래서 비로소 그녀의 마음이 자신에게로 돌아올 준비가 되는 것이다.

그는 마작을 가르치기 시작했다. 우선 규칙을 설명하기 시작했다. 그녀는 기꺼이 배우려고 했다.

"이런 식으로 같은 패가 두 개 나란히 있을 때에 다른 사람이 같은 패를 버리면, 그것을 주워서 세 장 잡을 수 있는 거예요. 이런 때는 퐁이라고 합니다."

"퐁이요? 철포를 쏘는 것 같군요."

그는 마작은 결코 적당하지 않다는 것을 깨달았다.

그래서 골프를 시작했다. 그녀는 능숙하게 허리를 비틀고 클럽을 어깨로 치켜들었다. 쭉쭉 숙달되었다. 그리고 철포 얘기의 빈도가 줄었다. 그는 이번엔 기필코 잘 해보고자 열심히 가르쳤다.

"저, 이렇게 생각해요."라고 어느 날 그녀는 늠름한 골프 복장으로 클럽을 지팡이 삼으며 말했다. "저, 공을 쫓아 걸어가는 것이 도무지 내키지 않아요."

"안되죠, 그게 좋은 산책인걸요. 잔디 위를 걷는 것은 정말 좋은 기분이 들구요. 마치 자신이 시라도 생각하는 듯한 기분이 들지 않던가요?"

"내키지 않아요. 그래서 규칙을 바꿔서 공을 그저 치는 것이 아니라, 상대 표적을 맞추는 거예요. 철포처럼."

"그런 바보 같은 짓을… 그럼 골프가 아니거든요."

"골프가 아니면 어때요? 저 정말 재밌을 것 같아요. 당신 저쪽에 뭔가 표적을 만들어주지 않을래요?"

여자는 은색 열쇠를 비틀어 추억의 빗장을 열었다. 가을바람이 창밖의 코스모스를 기울이며 불고 있었고, 언덕 숲에서 상수리나무 잎이 팔랑팔랑 떨어져서, 지금은 예전의 환상을 그대로 환상으로 둘 수는 없었다.

추억의 빗장 안에서 그녀가 정중히 꺼낸 것은 한 개의 수렵복이었다. 그녀는 이 옷을 안고 거실에서 기다리는 남자 앞에 나타났다. 그 여자의 모습을 보자 그는 얼굴이 새파래져서 일어났다. (미친 것이다!)

"저 녀석! 이 옷으로 저를 매료시켰어요. 이 옷만큼은 어떻게도 반항할 수 없었다. 그래서 이 옷에는 제 원한이 흠뻑 젖어있어요. 저 사람이 이 옷을 입고 위풍당당하게 제 앞에 서면, 아무리 미워

할래도 아무리 싫어할래도 '나의 영웅!'을 만난 듯한 기분이 들었
어요. 하하하! 저 바보죠? 저 사람은 그것을 알고 있었죠. 그러니
죽을 때가 되어 이 옷을 손에 들고, 침대 위에서 이렇게 말하는 거
예요. 내 역사의 반은 이 옷이 지배했다⋯."

"그런 유품을 이제껏 잘도 갖고 있었네요."

"당신, 이 옷을 입어 봐 줄래요?"

"싫습니다. 기분 나쁜 일은 그만둬 주세요."

"어머, 기분 나쁠 거 조금도 없어요. 정말 훌륭한 옷이라구요. 부
탁드려요."

"제가 예전 남자의 로봇이 되라는 겁니까? 당신도 무척 잔인하
군요."

"어머, 들리죠? 바람소리요. 저 오늘 아침, 저 바람소리를 듣고
있으니, 예전 가을이 견딜 수 없이 그리워졌어요. 입어주지 않을래
요? 그리고 저도 수렵복을 입을 테니, 함께 산책해요. 그럼, 부탁한
거예요."

그녀는 기운이 나서, 옷을 거기에 두고 옷을 갈아입으러 갔다.
그는 방안에 남아있는 그녀의 냄새를 맡으며 마녀의 숨결을 느꼈
다. 자신의 몸을 내부에서 갉아먹는 기묘한 질식할 것 같은 마녀의
숨결이었다. 이윽고 그의 목숨이 그녀 때문에 파멸에 휘말리게 될
것이다. 그는 어디까지나 그녀의 취미에 반항하고 싶었다. 그러나
그는 가죽의 끈적한 감촉에 손을 대 보았다. 그녀가 새까만 수렵복

에 긴 장화를 신고 나섰을 때에는, 불쌍한 마음을 가진 프라 디아볼로가 상의 단추를 채우면서 거울 앞에 창백해진 모습으로 서 있었다.

'어머!' 하고 여자가 말했다. 그리고 갑자기 그의 가슴에 뛰어들어 입술을 내밀어 키스하려고 했다. 눈에 눈물이 가득해졌다. "화내지 말아요. 제가 제멋대로인 여자여도, 용서해줘요. 그 대신에 좋은 것을 보여줄게요. 이거예요. 어젯밤 마을에서 발견한 거랍니다."

그녀는 침실에서 석고 인형 두 개를 갖고 왔다.

"이거, 저 사람이랑 많이 비슷해요."라고 하며 가리킨 인형은 바위에 걸터앉은 등산객 차림이었다. 또 다른 하나는 비스듬히 위를 쳐다보는 반신상으로, 어딘지 매우 당신이랑 닮았어요, 라는 설명이었다. 그녀는 두 개의 인형을 벽난로 선반 위에 늘어놓고 오랫동안 비교해보고 있었다.

그날 밤 그녀는 공기총 한 정을 샀다. 검고 가느다란 총신에 밤나무 개머리판이 달려서 한줄기의 한기를 가진 공기총이었다. 그녀는 기뻐하면서 그의 가슴에 겨누었다.

"쏴 보세요. 당신의 심장을 쏴 봐요. 어차피 쓸모없는 심장이니까 파괴된다한들 큰일은 없으니까요."

"농담은 그만두세요. 저는 꼭 당신에게 해두고 싶은 말이 있습니다."

"정색하시는군요. 뭔데요?"

"당신은 앞으로 언제까지 이런 추억만으로 생활해 갈 생각입니까?"

"그런 걸 물어서 어쩌시려구요? 신경 쓰여요?"

"당신은 정말 제정신이 아닙니다. 당신은 전혀 인간다운 생활을 하지 않아요."

"어머머, 엄격하시네요. 사냥꾼의 생활이라면 갖고 있겠죠?"

"진심으로 대답하지 않으시군요. 저는 오늘밤 이야기를 완전히 매듭짓고 싶거든요. 당신은 무엇 때문에 공기총을 산 겁니까?"

"내일부터 때까치랑 제주직박구리를 사냥하러 갈 거예요. 잡히면 대접할게요."

"당신은 이미 진지하게 생각할 수 없는 거군요."

"제 자신의 생활을 퍽 진지하게 생각하고 있다구요."

"그것이 진지한 태도입니까?"

"네, 그렇죠. 새 사냥을 가는 것은요, 제가 매우 흥미 있어 하는 동시에 건강에도 매우 좋은 거라구요. 그렇잖아요? 어때요? 진지하지 않나요?"

"그런 게 아니죠. 제가 하는 말은 그런 게 아닙니다. 당신은 대체 내가 당신에게 무엇을 바라고 있다고 알고 있는 겁니까?"

"네, 대체로요."

"좋아요, 그럼 말해보세요. 분명히 말해 보세요."

"어머, 비겁하네요. 저한테 말해 보라구요? 비밀의 답안인 셈이네요. 그럼 말할게요. 제가 사냥 가는 것을 그만두면 되는 거죠?"

"......"

"철포를 다른 데다 줘 버리면 되는 거죠?"

"…으흠."

"네, 그건 쉬운 분부시네요. 기다리세요."

여자는 침실에 들어가자 베갯머리의 철포 유품을 주머니에 넣어 창고 안에 던져놓고 돌아왔다.

"자, 이제 됐죠?" 그녀는 기묘하게 물고기 배처럼 하얀 두 손을 먼지를 털 듯 털었다. 그리고 무섭게 눈을 치켜뜨고 그녀를 바라보고 있는 남자를 향해 웃음을 띠었다.

"어때요? 이제 맘에 드세요? 저, 용감하죠?"

"다음날이 되면 또 철포를 꺼내 올 거예요."

"아뇨, 꺼내지 않을 거예요. 그 대신 이 공기총이 있으니까."

"그것도 버리세요!"

"그렇게는 안돼요. 이거 산 지 얼마 안 되는 걸요. 쏴 보지 않으면 만족할 수 없는 걸요."

"저의 쓸모없는 심장을 쏘는 건 어때요?"

"한 발로 떨어질까요? 작은 새랑 달라서 안 될 걸요. 하하하."

여자는 웃으면서 총신을 꺾어서 탄환을 채웠다.

"뭔가 쏘고 싶은데. 밤에는 새도 없고, 탁상시계도 아깝고… 뭔가 좋은 표적을 찾아줘요."

남자는 느릿느릿 일어나 옆방에서 예전 그와 닮았다고 한 석고 인형을 갖고 와서 방구석의 선반에 놓았다.

"쏠 수 있으면 쏴 봐요."

"쏠 수 있어요. 개똥지빠귀 정도겠네요."

여자는 테이블에 한쪽 팔을 괴고 총을 겨눴다. 남자는 여자의 표정을 응시했다. 여자의 울대뼈 주변에는 옅게 붉은 칠을 했지만, 가늘고 긴 턱에서 입술에는 빈정대는 웃음을 띠었다. 갑자기 격렬한 소리, 메아리, 깨지는 소리. 석고상은 조각조각 깨져 떨어졌다. 그 하얀 파편에서 다시 시선을 여자 쪽으로 돌아보자,

"어때요? 실력은 확실하죠?"

라고 말하고서 일어섰다. 남자는 이 방 안에 나부끼는 마녀의 숨소리를, 저 질식성의, 심장을 압박하는 숨결을 느꼈다. 여자는 석고의 파편을 내려 보면서 밝게 말했다.

"호호, 제법 와장창 깨져버렸네요. 그 사람의 것이라 튀지 않을까 했는데… 좋아, 내일 다시 사 오죠."

그는 무두질한 가죽 수렵복을 입고 가을바람이 세차게 부는 수풀 속으로 프라 디아볼로처럼 용감하게 들어갔다. 그녀에게서 예전 남자의 환상을 몰아내는 것이 절망적이라고 알고부터는, 그 자신이 그녀의 환상의 재현이 되는 것 외에 다른 방법이 없는 것이다. 그는 사냥과 사격술에 관한 세 권의 책을 암기하고, 그녀보다도 더 좋은 공기총을 사고, 옆집 포인터 사냥개를 빌려 그녀에게 사냥하러 가자고 했던 것이다.

"포인터는 셋터보다 용감하군요. 그리고 저는 이미 두 해 동안

이 개를 수렵견으로 훈련했거든요. 제법 잘 달리네요."

여자는 공기총을 겨드랑이에 끼고 환상을 쫓아 미소 지었다. 숲은 가을이어서 쇠무릎지기, 들국화, 만주사화 등이 무성해져 있었다. 밤이 익어갔다. 균사의 냄새와 썩은 낙엽 냄새가 났다.

"저는 공기총을 쏜 적이 없습니다. 철포보다 어렵겠죠. 탄환이 하나니까요."

그는 드높은 파란 하늘을 배경으로 노랗게 변한 떫은 감을 쏘았다. 감은 단거리 선수처럼 갑자기 높은 허공에서 출발하자 돌멩이처럼 수직으로 떨어졌다. 포인터 사냥개가 달려 나갔다.

그는 이미 완전히 여자의 마음을 사로잡은 듯한 기분이 들어 돌아보았다. 그러자 여자는 새빨간 만주사화가 흐드러지게 핀 가운데 앉아 손수건으로 얼굴을 덮고 울고 있었다.

그는 사냥개가 물고 온 감을 손바닥에서 굴리면서, 자신은 어떻게 해야 좋을지를 생각했다. 예전의 그와 닮은 시늉을 해도, 그 흉내가 성공하면 할수록 여자는 멀어지듯이 생각되었다. 그렇다고 반대되는 모습을 보이면 그녀는 결코 만족하지 않았다. 그는 떫은 감 꼭지를 뜯으면서 울고 있는 여자의 등이 흔들리는 리듬에 괴로워했다. 새빨간 만주사화 꽃 더미 속에서 새까만 수렵복을 입은 여자는 타락한 이브처럼 아름답게 보였다. 바람이 수풀 속을 지나가자 새빨간 꽃 더미는 그녀의 허리 부근에서 욕정으로 물결쳤다.

"그만 울어요. 당신이 싫다면 저는 이제 사냥하지 않을래요."라고 말하며 그도 꽃 더미 속에 앉아 여자의 어깨를 안았다.

"아뇨, 괜찮아요. 저 정말 기뻐요. 미안해요."

"저는 이제 이 옷 입는 거 그만두죠."

"아뇨, 입고 있어 주세요. 그대로 좋으니까. 그렇지만 어쩌면 저
당신을 저주하게 될지도 몰라요."

여자는 옅게 붉은 칠을 한 울대뼈만으로 소녀처럼 부끄러운 듯
이 웃었다.

"그렇지만 상관없겠죠? 당신에게 저주해도 되죠?"

그는 알 수 없게 되어, 만주사화의 파란 줄기를 똑똑 꺾어서 꽃
다발을 만들었다. 사냥개는 참을 수 없게 되어 수풀 속으로 지렁이
냄새를 찾아 나섰다.

그날 밤 그는 그녀의 집에서 함께 만찬을 했다. 여자는 락교 세
개를 오도독 씹으면서 말했다.

"저 부탁이 있는데, 들어줄래요?"

"네, 뭐든지."

"그럼, 말할게요. 저기, 저요, 매일 아침 눈 뜨면 맨 먼저 침실의
공기를 바꿔요. 그래서 언제나 스스로 창을 열어요."

"네…"

"그런데요, 내일 아침만은 저, 제가 창을 열고 싶지 않아요."

여자는 그의 목에 양손을 두르고, 그의 귓전에서 작은 소리로 속
삭였다.

"당신, 열어줄래요?"

그때 여자의 숨결에서 락교 냄새가 났다.

그리고 여자는 페퍼민트 한 잔을 마시고 담배 한 개비를 천천히 흔들거리면서 황금색 열쇠를 비틀어 그녀의 침실 문을 여덟팔 자로 밀어서 열었다.

남자는 여자의 순백의 침대 머리맡에 예전 애인이 아니었던 남자의 유품인 철포가 없는 것을 확인했다. 또한, 화장거울 앞 선반에 그와 어딘가 닮아있는 석고 반신상이 하나만 있는 것을 확인했다.

여자는 파란색 차양을 한 램프를 켜자 웃옷 단추를 톡톡 풀었다. 남자는 내일 아침 자신이 열어야 하는 창이 녹색 커튼으로 무겁게 닫혀있는 것을 보았다. 창 밖에서 코스모스가 밤바람에 옆으로 흔들리는 소리를 들었다.

"어머!" 여자가 갑자기 낮게 외쳤다. "큰일 났어요, 엄청난 걸 잊어버렸어요. 그렇지만 괜찮아요, 어쩔 수 없죠."

"뭐예요?"

"하필 오늘 그 아이의 사진을 보면서 우는 걸 깜빡했거든요."

다음날 그가 침실 문을 열자, 무서운 기세로 바람이 들어왔다. 흐린 하늘 아래 정원의 코스모스는 익사한 소녀들처럼 쓰러져 있었다. 침대에서 그녀의 단발이 흩어지기 시작했다. 근처 숲에서 상수리나무 잎이 참새 떼처럼 날아왔다. 이 바람 아래서 가을 여자의 피부가 차갑게 맑아지기 시작했다.

"당신, 어떻게 된 거예요?"

"……"

"이봐요, 어떻게 된 거냐구요?"

"가만히 있어줘요."

남자가 새파랗게 질려 옷을 입자, 창가에 서서 익사한 소녀들이 바람에 흔들리면서 여전히 옅은 붉은색으로 피어 있는 것을 보고 마음 아파했다.

그는 그녀를 위해 이 침실 창문을 연 것을 후회하기 시작했다. 그녀는 역시 예전에 저주하여 죽인 남자의 경쾌한 모습을 그리면서 스스로 창문을 여는 것이 제일 좋았을 거라고 말한 것을 깨달았다. 그가 아무리 노력해도 이 여자를 완전히 자신의 것으로 하는 것을 불가능하다는 것을 알았다. 그는 원래대로 단조로운 자신의 독신생활로 돌아가는 것이 가장 좋은 것이다.

"당신은 나를 저주하기 시작했죠?"

라고 나는 말했다. 그녀는 대답하지 않고, 꽃무늬의 덮개를 젖히고, 가을의 차가운 아침 햇살 속에 하얗게 얼음처럼 차가워진 거울을 향해 정성껏 화장을 하기 시작했다. 물고기 배처럼 이상하게 하얀 손가락으로 하얗고 가느다란 아름다운 턱 주변에도 화장 퍼프를 두드렸다. 특히 정성껏 울대뼈 위에 옅게 붉은 칠을 했다.

남자는 또각또각 구두소리를 내며 창고에 들어가, 예전 남자의 유품인 철포를 가지고 나와서, 그녀의 침대 머리맡에 두고 모자를 들고 방을 나섰다.

화장을 마치자 그녀는 머리맡의 철포를 들었다. 쌍발총에는 탄환이 들은 채로 있었다.

그녀는 개머리판을 오른쪽 어깨에 대고 방아쇠에 손가락을 걸었다. 나란한 두 개의 총구가 수평이 될 때까지 올렸다. 한차례 바람이 그녀의 단발을 흐트러트렸다. 방아쇠가 한발 한발 당겨졌다. 그리고 갑자기 폭발이 일어났다. 엄청난 소리에 이어서 뭔가 깨지는 소리가 났다. 어딘지 그와 닮은 석고 반신상이 오십 발의 산탄(散彈)을 맞고 연기처럼 흩어졌다. 그 하얀 석고 연기 속에서, 그녀는 철포를 멘 채로 눈물을 흘리며 울기 시작했다.

소설

봉청화

●

이시카와 다쓰조

봉청화

봉청화는 조선의 아가씨였다. 새빨간 루즈를 칠한 그녀의 입술에서는 독약 같은 마늘 냄새가 났다. 나는 그녀의 기교 많은 화장을 좋아하지 않았지만, 이전에 영화배우를 했다는 경력의 흔적이 여기에 나타나고 있다고 생각하면 오히려 짙은 화장 그늘에 그녀의 외로움이 숨어있는 거라고 생각되었다. 그녀는 늘 마쓰우라 유리(松浦百合)라는 일본 이름을 사용하고 있었지만, 어설픈 말투는 숨길 수 없었다. 나는 종종 그것을 도호쿠(東北) 지방 사투리라고 잘못 여기고, 유리 씨는 도호쿠 출신이시죠, 라고 물어보았다. 그러자 그녀는 블라디보스토크 출신이라고 하며 나를 놀라게 하였다. 어느 날 우리들은 전철역에서 만났다. 그녀가 이사를 하고 싶다고 했기 때문에 함께 아파트를 구해 볼 생각이었다. 마침 가을비가 많은 계절이었다. 구름은 띄엄띄엄 보였지만, 비는 옅은 햇살 사이로 드문드문 그러나 언제까지고 그칠 것 같지 않았다. 북쪽 하늘에 멋진 무지개가 생기자, 그녀는 어깨를 적시면서, 아! 하고 기쁨의 탄성을 지르고, 기도하듯이 그것을 올려다보았다.

우리는 비가 그치기를 기다리기 위해 근처의 다방에 들어갔지만, 비는 좀처럼 그치지 않고 이야기도 끊어져 두 사람은 지루해지기 시작했다. 그때 나는 또 말하고 말았다.

"당신은 도호쿠 사람이 아닌가?"

그녀는 가만히 고개를 저었다.

"그럼 당신의 아버지나 어머니가 도호쿠 출신인가?"

그녀는 가만히 창백한 눈을 들어 나를 바라보았다. 왜 그런 기분이 들었는지 모르지만, 그때 그녀는 확실히 출신지를 말해버려야겠다는 기분이 들었던 것이다. 그리고 핸드백 안에서 종이쪽지와 연필을 꺼내고는, 잠시 주저하고서 단번에 썼다. 조, 선, 인! 다 쓰자 그 종이 위에 눈물을 뚝뚝 떨구고, 그녀는 흐느껴 울었다. 분명히 나는 큰일이라고 생각했다. 그렇지만 그와 동시에 울면서 그것을 쓴 그녀의 비통한 마음에 큰 놀라움과 동정을 느꼈다. 나는 거칠게 그 종이쪽지를 빼앗아 내 주머니에 쑤셔 넣고, 돈을 치르고 가게를 나왔다.

그녀는 집으로 돌아가겠다고 주장했지만, 나는 화가 나서 아니, 돌아가면 안 돼!라고 소리 지르고 걷기 시작했다. 거리 건너편 하늘에 무지개는 한층 더 또렷이 반원을 그리고 있었다.

나는 모자챙을 내리고 그녀와 나란히 걸으면서, 지금까지 일본인은 조선인4)을 부당하게 경멸5)해 왔다고 한다, 그러나 나는 다르다, 당신이 어디 사람이든 나는 결코 구별하지 않는다, 그런 것을 힘주어 계속 이야기했다. 나는 그녀를 위해 전 일본인의 반성을 촉구하고 싶은 분노를 느끼면서, 그렇지만 나 자신은 주저하고 머뭇거리는 기분에 바르르 떨고 있었다.

봉청화는 출신지를 말해버리고 나서 도리어 편한 기분으로 나를 대하게 되었다. 그렇지만 그 편한 기분이란 것도, 혹은 애정이 깊어지는 것을 단념해버렸기 때문에 편해진 것인지도 모른다. 분명히 그녀는 확연한 구별과 질서를 세워서, 그 범위에서만 나를 접근시키려고 한 것 같았다. 가끔 찾아가면 내 팔 안에서 새빨간 입술을 젖히고 나를 맞으면서, 그렇지만 그 위치에서는 조금도 가까이하지 않겠다는 필사적인 노력이 있었다.

"제 몸은 결코 누구에게도 만지게 하지 않아요. 당신이 폭력을 쓰면 저는 지겠죠. 그렇지만 그러고 나서 언제까지나 평생을 살면서 저주할 거예요. 저 그렇게 되기 싫거든요, 당신을 존경하고 싶어요. 그러니까…"

그것은 내지인에 대한 뿌리 깊은 반항심을 지키려고 하는 태도였다.

---

4) 잡지 발표 시에는 ×××(복자) 처리된 부분을 작품집 수록 시에 이시카와가 넣은 부분(역자 주).
5) 복자 부분.

"그렇게 말하는 것이 당연한지도 모르겠군." 나는 조심스런 기분으로 말했다. "그러나 당신의 그런 생각은 결코 당신 자신을 행복하게 하지 않을 것 같군."

"그래요, 잘 알고 있어요. 나 불행해도 좋아요."

이런 굳건한 성벽 바깥으로 쫓겨나서 어쩔 수 없이 팔짱을 끼고, 나는 점점 그 여자에게 이끌리게 되었다.

여성과 결혼하는 것에 대해 나는, 그 무렵 청년다운 회의에 찬 생각을 갖고 있었다. 결혼은 남성의 일생을 뒤틀리게 하는 것이고, 기울어버린 전신주처럼 항상 위태롭게 자신을 지탱해 가야 하는 것이라고 생각했다. 실로 청년답게 미소 지어지는 허세 부리는 감정이었지만, 그 때문에 나는 평생 결혼은 하지 않겠다고 생각했다. 따라서 봉청화에 대해서도 결혼하려는 생각까지는 좀처럼 들지 않았다. 결국 그녀에 대한 두려운 기분과 동시에 이향(異鄉)에서 태어난 아가씨와의 교제를 즐겼는지도 모르겠다.

봉청화에 대해서 나는 몇 번이나 망설여야만 했다. 그녀의 가치관, 감정의 변화, 생활의 방법. 그런 것들은 내가 다 이해하지 못하는 것이 많았다. 그것은 생활상의 전혀 다른 습관에서 비롯된 것도 있고, 또한 현재의 환경을 모르는 탓도 있었다. 그녀는 동향의 청년들과의 그룹을 갖고 있는 것 같았지만, 거기서는 어떤 대화를 나누고 어떤 감정이 흐르는지 알 수가 없었다.

그녀는 때로는 돈이 십전도 없을 정도로 가난했지만, 때로는 번화한 거리의 레스토랑에서 값비싼 저녁을 먹는 경우도 있었다. 그 생계에 대해 나에게 말하지는 않았지만, 부모로부터 돈을 받는 듯했다.

그녀는 나에게 알리지 않고 거처를 옮겼다. 내가 그 이사한 곳을 알기까지 한 달이 걸렸다. 그곳은 시가지의 오층 건물의 리놀륨을 깐 넓은 방에 그녀는 혼자서 조용히 지내고 있었다. 두꺼운 벽, 작은 창. 그 창에서는 가로막는 것도 없이 넓은 하늘이 보였다. 그녀는 창가에 누워서, 안으로 들어오는 허공의 바람에 단발을 흐트러트리면서 날카롭고 우울한 표정으로 지긋이 바깥을 향해 있었다. 왠지 몸을 숨기고 있는 듯한 그늘이 많은 생활이었다.

"파란 매실 있잖아요? 그거 정말 좋아해요. 아버지 과수원에 나무가 있어서 잔뜩 달렸어요. 그걸 혼자서 이백 개 정도 먹어버렸죠. 한번에. 그래서 죽을 뻔했어요. 한 달 정도 누워있었어요. 저 터무니없는 짓 하거든요. 끄떡없어요."

"운동하고 있을 때에도, 지도적인 일을 하던 박 이라는 놈이 블라디보스토크에서 오라고 하는 거예요. 내가 아니면 안 되는 일이 있다고. 그리고 저 밤중에 국경을 건너갔어요. 두 명의 동지가 있었지만, 두 명 다 붙잡혀서 저 혼자서, 산중을 부스럭부스럭 기어다니고, 한밤중에요! 캄캄한 가운데 말예요. 상처투성이가 되었다니까요."

"그리고 드디어 박이 있는 곳으로 갔다고 생각하자마자 감금당

하고 말았죠. 이상하다고 생각했어요. 그러자 오일 째에 박이 들어
와서 나를 자유롭게 해주려 했어요. 저도 박을 존경했기 때문에,
설마하고 생각했지만… 저 저항했어요. 그러자 권총을 꺼내어 위협
했어요. 분하고 억울해서 울었어요. 그리고 나서…"

"저 임신한 걸 알았어요. 그러자 병원에 강제로 입원시켜 낙태시
켰어요. 한 달 정도 입원해서 나은 다음에 송환되어 돌아왔답니다."

"저 박 씨 같은 놈을 저주하고 또 저주해서 죽여 버렸어요. 폐병
과 신장병이 생기고 게다가 미쳐버렸죠. 저한테 나쁜 짓을 하는 놈
은 모두 저주한답니다. 제가 저주한 남자는 모두 죽는다구요. 정말
요! 반드시 죽어요…. 세 명 모두 죽었어요."

어느 날 밤, 봉청화는 편히 창가에 앉아, 양손 위에 턱을 괸 채로
가만히 울고 있었다. 눈물은 볼을 타고 차갑게 방울져서 턱으로 전
해지고, 손바닥에 충분히 동그랗게 고여 있었다. 벽에 붙은 여배우
시절 거만한 태도의 그녀의 사진과 비교해서 같은 여자라고 생각
되지 않는 모습이었다.

"어머니에 대해 생각해요."라고 말했다.

"어머니는 매우 친절하세요. 아버지는 완고하고 횡포를 휘둘러
정말 싫어요. 저한테 꼭 결혼하라고 말해요. 그래서 저는 일본으로
도망쳐 왔어요. 그렇지만 어머니가 지금의 저를 본다면 얼마나 슬
퍼하실지."

창 건너편에는 시가지의 등불이 무수히 반짝이고 있었고, 늦가

을 바람이 거세게 불고 있었다. 그녀는 가만히 한 곳에 눈동자를 고정시킨 채 언제까지나 울고 있었다. 잠시 시간이 지나고 갑자기 저 빌딩 아세요, 라고 말했다.

나는 그녀의 뒤에 다가가서, 뾰족한 어깨를 감싸주면서 그 머리에 볼을 대고 말했다.

"알지."

"아까 거기 갔어요."

"으흠, 뭐 하러?"

"어떤 사람을 만나러 갔죠. 이미 제법 할아버지죠. 오십 일고여덟, 사업가예요. 그 사람이 말이죠, 저를 돌봐준다고 해요. 첩으로요. 저, 첩이 되러 간 거예요. 그리고 나서 긴자(銀座)에서 저녁을 먹고 돌아왔어요. 내일 밤, 다시 만날 약속을 했죠."

그녀는 전혀 감동이 없는 어조로 그렇게 말했다. 나는 숨도 쉴 수 없이 몹시 놀란 가운데 뭔가 이상한, 매우 갑작스러운 느낌이 들며 다 이해되지 않는 기분이었다.

"내일, 정말 갈 건가?"

"가죠."

"왜 내게 상의도 없이 그런 일을 하는 거지?"

"어쩔 수 없잖아요."

"돈이 없는 건가?"

"없어요."

"돈이라면 어떻게든 된다구. 내일 가는 것은 관두라구."

"당신에게 그럴 권리가 있나요?"

"있지!"라고 나는 강하게 말했다. "있고 말구. 누구라도 타인의 부정을 막을 권리는 있지. 권리가 아니라, 의무지."

"그만둬요. 저는 제 맘대로 할 거니까."

그녀는 그 이상은 어떻게든 나를 가까이 하지 않고, 내가 권하는 대로 따르려고 하지 않았다. 나는 청년다운 흥분을 느껴 열을 올리며 말하고, 결국 그녀는 문을 열어 돌아가라고 말했다.

"그럼, 오늘밤은 돌아가지. 내일 오후에 다시 올 테니까. 그때까지 당신도 좀 생각해보라구."

그녀는 아무 대답도 하지 않고 문을 닫고, 내가 멀어지기 전에 열쇠를 걸어 잠그는 소리가 고요한 복도에 차갑게 울렸다.

내게는 믿기 어려울 때가 많았다. 블라디보스토크에서의 사건도 꾸며낸 것처럼 들렸고, 오늘 첩이 된다는 이야기도 사실이라고 받아들이기 어려운 기분이 들었다. 그러나 그것이 실감으로 내게 전달되지 않는 것은 그녀의 표현이 일본식이 아니고, 그녀에게는 필연적인 언동도 내게는 갑작스럽게 보이는 것이라고 생각하여, 역시 진실이라고 믿는 수밖에 없었다.

나는 결혼하려고 생각했다. 그것은 매우 위험한 것이기도 하고, 내 육친 사이에 반대가 많을 것도 짐작되었지만, 청년적인 정열을 자신에게 강제하여 어떻게든 결혼해야 한다고 스스로 굳게 믿고 있었다. 그때 나의 절박함에 예리하게 닿은 가시는 블라디보스토크 사건이었다. 그녀를 나체로 만들어 보면, 분명 그 허리 부근에 거무스름하게 깊은 상처가 추하게 남아있을 듯이 생각되지 않을 수 없었다. 그것은 분명히 눈을 돌리게 할 정도로 참혹한 것이고, 그녀는 그 상처를 보이고 싶지 않기 때문에, 그 육체에 닿으려고 하는 남자들을 저주하는 것이다. 그런 식의 짐작이 선연한 육체의 환상을 낳고, 통렬한 뱀파이어의 피가 봉청화의 육체에 들끓고 있는 듯한 기분이 들었고, 자칫하면 그런 무시무시한 여자의 모습을 포기하기 어렵게 매혹적으로조차 느끼는 것이었다.

그 다음날 나는 바쁜 일에 얽매여 봉청화의 방을 방문한 것은 오후 8시를 훨씬 지나서였다. 그녀는 이미 간 것은 아닐까 조바심 내며 긴 계단을 올라간 내 불안을 뒤엎고, 봉청화는 길게 침대에 드러누워, 조선어 신문을 읽고 있었다.

"늦었네요. 오후부터 기다리고 있었는데."

의외로 침착하게 그녀는 이렇게 말했다.

"어제 만난 사람 보는 것은 그만둔 거지?"

그러자 그녀는 얼굴을 돌리고 대답했다.

"저 아파요. 어제 밤새 창가에 앉아있어서요."

나는 몹시 피곤해져서, 침대 아래쪽에 앉은 채 머리를 감싸 쥐었다. 피곤한 원인은 그녀의 계속해서 바뀌는 마음의 그늘로 위협을 받은 탓도 있지만, 또 하나는 내 자신에 의한 것, 즉 내 태도는 어느 쪽으로도 분명히 결정할 수 없어서 우왕좌왕한 피로감이기도 했다. 다소 자포자기적인 기분이 되어 나는 작은 책상 위의 열쇠를 집어서 안에서 문에 열쇠를 채웠다. 돌아보자 침대에 있던 봉청화의 얼굴은, 번쩍번쩍 눈을 번득이며 입술을 심하게 젖히고 적의에 가득차서 나를 노려보고 있었다. 나는 베갯맡에 앉아서 반항적으로 그 얼굴을 들여다보며 그 감정의 복잡함을 읽어내려고 했다.

"나를 어쩔 거예요?"

"나와 결혼하지 않겠어? 나는 이미 분명히 마음을 굳혔거든."

그녀의 눈은 갈피를 못 잡고 내 얼굴 위를 마구 움직여, 내게 해칠 의사가 없음을 확인하고 비로소 침착한 목소리로 말했다.

"거절할래요. 저는 자신을 잘 알아요. 당신이 후회할 뿐이에요."

"아니, 후회하지 않아."

"당신은 아무것도 몰라요. 그러니 그런 말은 하지 마시길. 저는 당신이 생각하는 것 같은 선량한 여자가 아니에요."

나는 한숨을 돌리며, 그럭저럭 이 사건도 무사히 평화롭게 수습될 것 같다는 기분이 들었다. 완전히 타인의 마음이었다. 나는 호흡을 가다듬고 드러누운 여인의 자태를 내려다보며, 마늘 썩은 냄새와 체온으로 덥혀진 분 냄새를 맡고, 이러한 자리에 있는 자신을 이상하다고 생각하지 않을 수 없었다.

평소의 내 생활의 궤도에서 너무나 벗어난 요즘의 사건이 있었고, 지금은 절절히 익숙해지지 않는 감정의 격동에 지쳐 자신을 쓸쓸히 관찰하는 기분이 들었다.

보름 동안 나는 그녀를 방문하지 않고 지냈다. 고독이란 감정이 없지는 않았으나, 원래 생활로 돌아온 자신이 왠지 상쾌하고 산뜻한 기분이 들었다. 즉 연애나 결혼이란 것에 대한 부정적인 생각, 자신을 올곧게 두고자 하는 청년적인 결벽성이 은밀히 만족스러웠고, 그것에 자부심을 느꼈다.

이윽고 봉청화로부터 편지가 와서, 병으로 누워있으니 와 달라고, 거친 글씨에 잘못된 표기법으로 쓰여 있었다. 나는 과일 꾸러미를 들고 찾아갔다. 그녀는 막 공중목욕탕에서 돌아와 머리카락은 검고 촉촉하게 젖어있었고, 얼굴은 번쩍번쩍 기분 나쁜 누런색으로 빛나고 있었다.

"겨우 오늘부터 좋아졌어요."

그녀는 왠지 우울한 모습으로 무뚝뚝한 대답을 하고, 나를 아랑곳 않고 머리를 빗거나 화장을 하거나 하기 시작했다. 나는 지루해져 리놀륨 바닥에 슬리퍼 소리를 내면서 걸어 다녔고, 벽에 핀으로 꽂아둔 한 장의 원고용지를 발견했다.

어제 바람, 오늘 비.
높은 창밖은 회색 하늘뿐으로
차가운 도쿄의 지붕, 지붕!
모든 지붕 아래서 만찬은 시작되었지만,

배가 고프니 나는 움직이지 말자.
(기다리는 이는 오지 아니하고…)
초조하여 나는 하얀 벽에 손톱을 세운다(역자 주 : 화를 낸다).

빗을 갖다 대자 흐트러진 머리는 한 번 빗을 때마다 멋진 웨이브
가 정돈되어 그녀의 목덜미를 뒤덮었다. 다 빗고 나자 창가 밝은
쪽에서 손거울로 옆얼굴을 비추면서, 우울한 목소리로 말했다.

"부탁인데 나와 결혼해주지 않을래요?"

언뜻 지나가는 섬광처럼 나는 불끈 화가 났다. 그러나 긴 시간은
아니었다. 나는 미소 지으며 걸어 다니면서 대답했다.

"나를 저주하고 싶어졌군."

"아뇨, 구원을 바라는 거예요."

"조금 늦었는걸. 나는 이미 결혼할 생각은 없어."

"이유를 말할게요."

그녀는 나를 앉히고 나서 새로 화장한 얼굴을 정면으로 대담하
게 돌리고 말했다.

"제 오빠가 왔어요. 아버지 명령으로 나를 데리고 가서 결혼시킬
작정이에요. 그래서 저, 이미 결혼했다고 당신의 이름을 말했어요.
오빠는 그것만으로는 믿을 수 없으니 당신을 만나겠다고 해요. 그
러니…"

그런 제멋대로인 생각에 대해 새로 화를 내기에는 이미 봉청화

라는 여자에게 익숙해져 있었다. 나는 쓴웃음을 짓고 상냥하게 말해 줄 뿐이었다.

"당신은 고향으로 돌아가는 편이 좋다고 나는 생각하는데. 도쿄에 있어도 좋은 일은 없지."

그녀는 가만히 옆을 향한 채로 한마디도 하지 않았다. 내 입장에서 보자면 도쿄에 오빠가 와 있으면서, 여동생 방에 없는 것도 의심스러웠고, 오빠가 온 어떤 증거도 방안에 없는 것이 부자연스럽게 여겨졌다. 대체 이 여자는 무슨 일을 꾸미고 있는지 알 길이 없다는 경계심이 지금의 내 감정을 움직이지 않게 만들었다. 이해할 수 없는 것은 내게 강한 흥미를 불러일으키는 것이었지만, 그것이 애정의 형태로 변화되는 시기는 이미 지나가버렸다.

나는 흥미를 잃고 일어나서 모자와 외투를 집어 들었다. 그러자 여자는 갑자기 획 돌아보았다.

"돌아가는 거예요?"

"돌아가요. 당신이 화를 내고 있으니 재미없어요."

그녀는 서서 내 어깨에 손을 얹었다.

"저, 결혼해주지 않을래요?"

갑자기 봉청화는 내 어깨에 얼굴을 대고 울기 시작했다. 목을 울리면서 훌쩍거리며 양손으로 어깨에 손톱을 세울 정도로 꽉 잡고 있었다. 그러자 훨씬 이전에 다방에서 그녀가 자신의 출신지를 알려주었던 그 날의 일을 나는 떠올렸다. 다음으로 내가 그렸던 그녀

의 허리나 허벅지의 무시무시한 흔적을 다시 상상했다. 그 순간 나
는 다시 뭐라 말할 수 없는 피로감을 느끼기 시작했다.

그녀는 울음을 딱 멈추고, 조용한 목소리로 자신을 떠나지 말라
라든가 자신을 괴롭히지 말라 라고 말했다. 그리고 모레 오후에라
도 다시 와달라고 간곡히 당부하면서 악수를 청하고 나를 문 밖으
로 내보냈다.

희롱당하고 있다는 느낌이 강했고, 게다가 어중간하게 피곤해지
기를 바라는 것이 바보같이 생각되어 나는 매우 망설이고 있었지
만, 삼일 째 오후에 역시 빌딩을 찾아가서 복도를 울리며 문을 노
크했다. 두세 번 두드려도 안에서 대답이 없었다.

시험 삼아 손잡이를 돌려보자 문은 이유 없이 안으로 열렸다. 나
는 다만 갈색의 잘 닦여진 리놀륨 바닥과 두꺼운 하얀 벽의 네모난
정면의 차가움을 보고 있을 뿐이었다. 그녀의 침대가 있던 장소에
는 창에서 햇살이 밝은 마름모꼴을 만들며 드리워지고, 그녀의 책
상이 놓여있던 장소에는 더러운 물을 머금은 걸레통이 조용히 앉
아 있었다.

나는 긴 계단을 천천히 밟아 내려오면서, 심장이 두근거렸다. 가
장 아래층 사무실의 작은 창을 두드리자 중년 여자가 얼굴을 엿보
였고, 나는 그 얼굴을 향해 마쓰우라 유리는 어딘가 이사한 건가요,
라고 물었다. 여자는 내 이름을 묻고 나서 한 통의 봉투를 내밀었
다. 확실히 봉청화의 필적이었다.

이미 거리에는 초겨울이 와서, 저녁 무렵 어스름 햇살이 비치거나 흐리거나 했다. 나는 근처 공원에 들어갔다. 한번 그녀와 함께 걸었던 적이 있는 이 공원은 지금 완전히 낙엽이 떨어져 수풀 아래 벤치는 작은 가지 그늘을 비추며 밝아져 있었다. 테니스코트에서 공을 치는 소리가 둔탁하지만 좋은 울림으로 들려왔다. 나는 벤치에 앉아 봉투를 잘랐다.

편지에는 급하게 어떤 남자와 결혼하게 되어서 이제 더 이상 사귈 수 없다라든가, 더 이상 만나고 싶지 않다는 가시 돋친 언어가 즐비하였고, 형식적으로 행복을 기원한다고 간단히 마무리하였다.

이것도 거짓이라고 나는 곧 생각했다. 그러나 그 거짓을 결국은 진실로 취급하는 것 외에 다른 길은 없었다. 그녀의 소재는 알지 못하고, 교제는 거절당한 것이었다. 나는 봉투를 주머니에 넣고 무료함에 먼 테니스코트를 바라보고 있었다.

그 날 이후 나는 냉정해져서 봉청화라는 여자가 가지고 있었던 여러 가지 수수께끼를 해석하려고 했다. 요컨대 그녀는 피해망상에 사로잡혀 있었던 것은 아닐까. 블라디보스토크의 사건도 세 명의 남자를 저주하여 죽였다는 이야기도 모두 그녀의 망상에서 나온 것이어서, 허벅지 상흔이 내 망상이었던 것처럼 그저 그런 기분이 든 것이리라. 그것을 널리 퍼뜨려 나를 육체적으로 거부하고, 나중에는 아버지와 오빠의 박해를 망상하여 그로부터 도망가기 위해 나를 선택했다. 그러나 내가 결혼을 수락했다고 해도 아마도 실현되지 않았을 것이다. 어느 사업가의 첩이 되려던 이야기도 아무 근거가 없는 이야기였다고 생각되지만, 그것도 또 하나의 피해망상이지 않았을까?

그것은 불완전한 해석이었지만, 나는 억지로 그 해석에 의지하고, 그것으로 희롱 당했던 나의 어리석음을 자신에게 변명해야만 했다. 그렇지만 한번 내 쪽에서 결혼을 요구했을 때에는, 나는 분명히 스스로 그녀에게 빠져보려고 생각했었다. 연애라든가 결혼이라든가 하는 문제를 백안시하던 것을 왠지 진실이 아닌 점을 느끼고, 무리해서 이해할 수 없는 그녀와의 통상적이지 않은 결혼에 빠져보려고 했다. 그것만은 뭐라 해도 변명할 수 없는 나의 패배로, 자신을 향한 부끄러움에 얼굴을 붉히는 수밖에 없었다.

반년 정도 후에 나는 새빨간 봉투를 받았다. 그것은 잊고 있었던 봉청화의 필적으로, 주소는 조선의 경상북도였다. 그녀는 언제부턴지 부모님 집으로 돌아가 그 과수원에서 생활하고 있었다.

그것은 아름답고 우아한 감정으로 쓰인 편지로, 도쿄에 있을 때의 가시 돋친 봉청화의 모습과는 전혀 다른 태도였다.

"지금 과수원은 배꽃이 한창이며 보이는 곳은 온통 새하얗답니다. 매일 아침 일찍부터 이 과수원 꽃 속을 걸어 다니고 있습니다. 작은 새랑 꿀벌이 잔뜩 있어서 무척 활기차답니다. 아버지는 여전히 결혼을 강제하고 계십니다만, 저는 여전히 견디며 버티고 있습니다. 아버지도 요즘은 자주 병치레하셔서 아버지 기분을 거스르는 것도 힘듭니다. 선생님은 잘 계시는지요. 도쿄는 저에게 무엇 하나 좋은 인상을 남기지 않았습니다. 모두 다가와서 저를 괴롭히고, 결국엔 저를 내몰고 말았습니다. 그렇지만 3년간의 도쿄생활에서 오직 한 가지 그리운 기억은 선생님에 관한 것입니다. 선생님은 성인(聖人)이셨습니다. 정말 선생님과 같은 사람은 없습니다. 다시 한 번 뵙고 싶습니다. 조선에 여행하러 오지 않으시겠습니까?"

그런데 나는 성인이었을까? 정말 당시에는 성인이었는지도 모른다. 그러나 지금 와서 나 혼자 그녀에게 친절하고 온화했었지만, 다른 남자들은 그녀를 괴롭히고 노리개로 삼았던 것 같은 상황을 알게 되자, 왠지 매우 아쉬운 생각이 들지 않는 것도 아니었다. 나 또한 무정한 남자들의 무리 중 한 명이 되어 그녀의 위엄 있는 듯한 생활의 겉껍데기를 부수고, 저주로 죽게 되는 것도 알면서 그 육체를 만져보고 싶었다. 육체관계를 배제한 내 교제는 실로 성인이었겠지만, 덕분에 마지막까지 그녀의 실제 성격을 알 수 없게 되었다. 성인으로 칭찬받는 것이 도리어 패기 없다고 조롱받는 심정이었다. 나는 분명히 가짜 성인으로 타락했다.

당시의 나는 결코 성인인척 하려고 노력하지는 않았지만, 이번에는 의식적으로 성인을 가장하고, 애정 어린 답장을 써서 보냈다.

소설

편력의 조서

●

장혁주

편력의 조서

그 다음날은 흐리고 무더운 날씨였다. 나는 점심때까지 잤다. 누군가가 불렀다. 눈을 떴다. 장지문을 반쯤 열고, 귀향(貴香)6)이 서 있었다.

"손님 왔어요."

한마디 말하고, 안으로 들어갔다. 나는 준비를 하고 복도로 나왔다. 정원에 새하얀 차림의 젊은 부인이 와 있었다.

"아!"

나는 그 부인을 생각해냈다. 부인잡지의 좌담회에서 함께 참가한 적이 있는 여류작가였다. 공산 시(公山市)7)에는 근교에 거주하는 사람을 포함해 7,8명의 문인이 있었다. 여류작가가 두 명 있었는데 그중 한 사람이었다. 모두 나의 선배 격으로 문명(文名)은 일찍이 알고 있었지만, 만난 적은 그 좌담회가 처음이었다.

---

6) 작품의 주인공 광성의 처.
7) 현재의 대구 달군 일대.

"신애 씨죠?"

나는 일본어로 물었다.

"네! 뵙고 싶어서 왔습니다."

신애는 도쿄에 오래 거주하였고, 오카다 사부로(岡田三郎)8)가 영화를 만들던 당시에 조수를 했다는 소문이 있었다. 그녀는 역시 일본어로 대답했다.

"들어오세요."

나는 그녀를 서재로 안내하고, 급히 세수를 하고 돌아왔다.

"아까 나오신 분이 부인이신가요?"

신애가 갑자기 물었다.

"네."

나는 계면쩍었다. 내 안색을 읽었는지

"그런가요? 꽤 나이 드셨네요. 당신의 숙모님인가 했네요."

"……"

나는 욱했다. 그렇지만 그 무례한 말투가 대담했기 때문에, 나는 도리어 그 말을 인정했다.

"갑작스럽지만 제안을 하러 왔어요."

신애가 똑바로 나를 보면서 말했다. 나 역시 그녀를 보았다. 단

---

8) 일본의 소설가. 반 프롤레타리아를 목표로 하는 예술파의 입장을 취했고, 모던한 단편소설을 주로 썼다. 1930년 일본 키네마라는 영화회사를 설립하고 감독을 맡기도 하였다.

발머리를 해서 레뷰 걸(revue girl)[9] 같은 머리를 하고 있는 것이 눈에 띄었다.

"무슨 말입니까?"

내가 물었다.

"하이킹하러 가지 않으시겠습니까?"

"하이킹이요? 좋군요."

울적했던 마음이 밝아졌다.

"조금 멀어요. 은해사(銀海寺)[10]예요."

"아니, 80리나요?"

"입구까지 택시로 가서 작은 금강(小金剛)이라고 우리가 이름붙인 산에 오를 거예요. 희귀한 암자가 있다니까 거기서 하루 묵고 와요."

"하루 묵는다는 겁니까?"

"이상한 표정을 지으시는군요."

라고 신애는 웃으며,

"여럿이 가니까, 쓸데없는 걱정하지 않아도 돼요."

"그럼 갑시다."

나는 흔쾌히 수락했다. 오랜 동안 썩어있던 심신에 활기를 넣고 오자고 생각한 것만으로도 마음이 개운해졌다.

---

9) 노래나 춤, 콩트 등 다양한 무대예술의 요소를 도입한 오락성 강한 쇼 형식인 레뷰에 출연하는 여배우. 즉 주역이 아닌 무희나 가수 등을 일컫는 말.
10) 경상북도 영천시 청통면(淸通面) 팔공산에 있는 사찰.

　다음날 아침 약속한 시간에 택시를 불러서 신애가 사는 반야월로 향했다. 공산 시에서 20리 정도 되는 곳으로, 공산 시 근처 사과 산지의 거의 중심부였다. 그곳 과수원에 그녀는 살고 있었다. 그녀의 남편이나 또 여류시인 한 명이랑, 그녀의 남편 남자 친구들 모두 5명 정도가 과수원 입구에서 기다리고 있을 터였다.

　다리를 건너자 그 과수원은 금방 알 수 있었다. 국도와 철도에 둘러싸인 위치에 1정보(町步) 정도의 과수원이 섬처럼 되어있었다. 기와를 인 일본풍의 건물이 드넓은 사과밭 속에 보였다. 길 위에 짧은 치마에 하얀 베로 만든 신발의 가벼운 복장을 하고 신애가 서 있었다. 차가 멈추자 그녀는 가방을 들고 올라탔다.

　"혼자신가요?"

　나는 미심쩍어했다.

　"당신이 늦어서 다들 버스로 먼저 떠났어요."

　그녀는 대답했다.

　차가 달리기 시작했다. 거기서 30리 정도 되는 곳까지 양쪽에 과수원이 이어졌다. 과수원 사람들이 작은 과실에 봉지를 씌우며, 소독액을 뿌리거나 하고 있었다. 하양(河陽) 시장[11]에 왔을 때, 국도를 벗어났다. 도로가 안 좋아져서 자동차가 뛰어올랐다.

　"당신은 왜 도쿄로 돌아가지 않나요?"

---

11) 경상북도 경산에 위치한 시장.

신애가 물었다. 그때 나는 그녀의 입이 아랫입술이 더 나왔다는 것을 알게 되었다.

"갈 생각입니다."

나는 성의 없이 대답했다.

"가는 것이 좋아요. 더 공부하는 거죠. 도쿄의 시단(詩壇)에서 활약하는 건 멋지잖아요. 저도 2, 3년 전까지는 그런 꿈을 갖고 있었죠. 오카다 사부로 씨의 제자가 되어 시나리오 공부를 했지만…"

나는 그 소문이 사실이었구나 생각했다.

"당신의 작품을 읽었어요. 그렇지만 일본어 사용이 서툴더군요."

나는 실망했다. 절망과 같은 감정이 가슴을 찢었다.

"어학공부를 더 하세요. 도쿄에 살아야 바른 말을 배울 수 있죠. 저는 긴자(銀座)12)에서 여급(女給)도 하고 5년이나 고학을 했지만, 잘 안됐어요."

"저도 자신이 없어요."

"그렇지만 당신은 늘 거예요. 뭔가를 체득했잖아요. 문제는 말이죠."

"고마워요. 해 보죠."

"당신은 머리가 좋은 거예요. 그런 서툰 일본어로 그만큼 성과를 거뒀잖아요. 머리가 좋다고 생각해요. 칭찬받고 우쭐하면 안돼요. 세상에서 당신을 천재라고 떠들죠? 천재라고는 생각지 않지만, 확

---

12) 일본 제일의 번화가. 도쿄의 주오 구(中央區)에 위치함.

실히 두뇌가 명석해요."

"이제 됐어요, 그 정도면."

나는 기분이 나빠졌다.

"그럼, 화제를 바꿔보죠. 요즘 문단에 나온 작가 이가와 다쓰조(伊川辰造)[13]라고 아세요?"

"알아요, 문단의 기린아라고 화제가 되지 않았나요?"

"이가와 씨가 제 친구예요."

"아, 그런가요?"

"거짓말이라고 생각하는군요. 그 사람 작품에 '사격하는 여자'라는 것이 있죠?"

"모르는데요."

"그 작품은 『와세다문학』에 실렸는데, 저에 대해 쓴 거예요."

"정말인가요?"

"정말이에요. 이번에 집에 오세요. 보여 드리죠. 그리고 최근에 『문예』에 쓴 '봉선화(鳳仙花)' 읽었나요?"

"이가와 씨의?"

"네, 그것도 저예요."

"그렇다면 이가와는 당신에게 반한 건가요?"

"뭐, 그런 거죠. 제 아파트에도 여러 번 왔어요. 푹 빠진 것 같아요."

---

13) 일본의 소설가 이시카와 다쓰조(1905~1985). 시사적인 문제나 사회 풍조를 다룬 작품이 많다. 소설 「창맹(蒼氓)」으로 제1회 아쿠타가와 문학상을 수상하였다.

"음…."

나는 질투를 했다. 그리고 쓸데없는 생각을 하다니, 하고 스스로를 꾸짖었다.

"제가 여급을 하던 때에 어떤 학생이 좋아해서 애먹었어요. 그 학생, 저 때문에 각혈하고 죽었어요."

"음…."

나는 그녀를 보았다. 눈꼬리가 약간 올라간 듯해서 매혹적이라고 생각했다. 헐리웃 여배우 누군가와 닮았다고 생각했지만 떠오르지 않았다.

'이 여자는 카르멘 같은 구석이 있다.'고 나는 생각했다.

차는 멈췄다. 소나무 숲이 거기에 있었다. 우리는 내려서 걸었다. 신애는 배낭을 메고, 나는 먹을 것을 넣은 가방을 들었다. 삼십분 정도 오른쪽 분지에 기와가 줄지어 있는 것이 보였다. 신애가 은해사라고 가르쳐 주었다. 3대 명찰(名刹) 중 하나였다. 내가 절을 보러 가고 싶다고 말했지만, 신애는 돌아오는 길에 들르자고 말했다.

가파른 산봉우리에 다다랐다. 실과 같은 길이 산등성이로 이어졌다. 세 가구 정도의 부락을 지나자, 산은 점점 험준해졌다. 벌거숭이 산맥에 바위가 여기저기 놓여 있었다. 한 시간 정도 올라갔지만, 산꼭대기는 아직 저 멀리에 있었다. 여러 산봉우리가 주름처럼 겹쳐서 그 하나하나를 골라내면서 올라야했다. 나는 헐떡거리며 산사태의 흔적 같은 가파른 경사면 위에 몸을 던졌다.

"당신 몸이 약하군요. 그 주머니 제가 들어 드리죠. 조금만 더 오르면 돼요."

신애는 내 짐을 손에 들고, 나를 내려다보며 서 있었다. 나는 땀범벅이 되어 숨을 헐떡였다.

"어머, 호랑이가 지나간 자리네요."

신애가 소리쳤다. 깜짝 놀란 나에게 신애가 털이 난 동물의 배설물을 발로 굴려서 보여주었다.

"정말이네."

나는 일어섰다.

"가는 도중에 해가 저물겠어요. 자, 걸어보죠."

신애는 걷기 시작했다. 산골짜기를 헤치고 들어가, 가파른 언덕을 오르기를 다시 한 시간 정도 지나자 오르려던 산봉우리 바로 아래까지 왔다. 제법 올라갔는데도 우리가 서있는 곳은, 봉우리와 봉우리 바닥 사이의 골짜기 같은 느낌이었다.

곧장 머리를 들어 올려다보자, 그곳은 일면이 암석 투성이로 도깨비 얼굴이나 부처님 얼굴 같은 모습을 한 바위더미가 있었다. 그 바위더미 가장자리에 가로놓인 암반 하나가 마침 학생모자의 차양처럼 툭 튀어나와 있었다. 그 위에 작은 기와집이 세워져, 차양 튀어나온 부분에 사람이 나타나 바로 아래에 있던 우리를 보려고 하는 것 같았다.

그 사람이 발을 헛디디면 우리 머리 위에 거꾸로 떨어질 것 같았다.

"선발대가 와 있군."

라고 나는 말했지만 왠지 신애의 남편이 어떤 사람인지 보고 싶지
않았다.

"스님이에요."

신애가 내 손을 잡고 가파른 경사를 들어 올리듯이 올라갔다.

그 산봉우리 위로 나오는데 30분쯤 걸렸지만, 떼지어있는 암석
은 밑에서 예상한 것보다 훨씬 더 컸다. 거대한 암석이 코끼리 모
양을 하거나 호랑이 얼굴을 하거나 나무 한 그루 없는 벌거숭이 산
정상에 여기저기 있는 모습은 굉장했다. 마치 영혼의 세계로 들어
선 듯한 으스스한 기분이었다. 그리고 바위의 볼록한 부분에 구멍
이 나서, 그 터널을 지나면 암자가 나왔다. 이것도 밑에서 예상한
것보다 컸고, 별채에는 빈약하지만 객실과 욕실 설비도 있었다.

"선발대는 어떻게 된 건가요?"

암자의 툇마루에서 아미타불(阿彌陀佛)을 안치한 수미단(須彌壇) 쪽을
보면서 말했다.

"스님께 식사를 부탁드렸어요."

승방(僧房)에서 나오면서 신애는 배낭에서 쌀을 꺼내면서 말했고,

"맥주가 있어요. 암자 바깥에서 석양이 지는 걸 보면서 마셔요."

라며 일어섰다.

나는 그녀를 뒤따라 바깥으로 나갔다. 바위 구멍 안쪽과 바깥쪽
은 지옥과 현세 정도의 차이가 있었다. 신애는 많은 암석 중에서

가장 평평한 것에 올라서 짐을 펼쳤다. 맥주와 치즈를 꺼냈다. 피곤한 데다 배도 고팠기 때문에 맥주를 보자 엄청 마시고 싶어졌다. 컵이랑 병따개까지 준비해온 것에 감탄했다. 거품이 나는 맥주를 손에 들고, 신애가 건배해요, 라고 말하고, 짠하고 컵을 마주 댔다. 단숨에 마시고,

"고백할게요. 당신을 속였어요."

신애가 빙긋이 웃으며 말했다.

"뭐요?"

나는 신애를 보았다. 얇은 입술이 요염하게 떨리고 있었다. 나는 깨달았다. 수치심이 내 등골을 스쳐 지나갔다.

"아무도 오지 않아요. 우리 둘뿐이에요."

신애는 새침하게 말했다.

나는 눈을 돌려서 맥주를 한 잔 더 쭉 들이켰다.

"저, 잘못 했나요?"

신애는 내 옆으로 가까이 다가왔다.

나는 먼 곳을 바라봤다. 바위가 병풍처럼 늘어선 산봉우리에 석양이 걸려있었다. 거기서 비스듬히 흐르는 햇빛 사이에 암벽이 있었다. 신비한 분위기가 뿜어져 나와 웅장한 풍경으로 만들었다.

맥주 두 병째를 땄다. 거품이 분수처럼 뿜어져 나오는 것을 지긋이 보면서, '재밌다'고 생각했다. 빨리 취했다. 신애는 마시는 도중에 창백해지고, 나는 얼굴이 벌겋게 되었다. 피가 머릿속을 폭풍처

럼 빠르게 돌고 손발이 저렸다.

신애가 내 어깨에 머리를 기대고, "저는 더 이상 못 마시겠어요."
라고 말했다. 목덜미에는 솜털도 없었다. 나는 불안했다. 그렇지만
그것을 떨쳐버리듯이 신애의 얼굴을 가까이 하여 입술을 빨아들였
다. 신애는 잠자코 숨을 들이마시고, 뒤로 돌아서 신음하며 그 다음
을 기다렸다. 나는 또 키스를 하고, 혼이 완전히 그녀에게 빨리는
기분이 들었다. 신애는 정신이 아득해지듯 하면서, 유혹을 하거나
받거나 했다. 나는 혼이 녹아들었다. 이윽고 우리는 타인이 되었다.

석양이 붉은 머리를 조금 바위 위로 내밀로 이쪽을 몰래 쳐다보
고 있었다. '해님, 죄송합니다.' 나는 자못 진지해져서 석양에 사과
했다.

"피곤하죠?"

신애의 그 말이 나를 신비의 세계에서 현실로 돌려놓았다.

"……."

나는 잠자코 있었다. 등에서 바위가 화를 내는 듯한 기분이 들었다.

"당신도 연약해 보이지만 정열적이군요."

신애는 어디까지나 몸 냄새로 나를 끌어당기려 했다.

나는 입을 뗄 수 없었다.

"당신이 좋아졌어요! 당신에게 사랑받고 싶어요."

"흠!"

나는 자신을 향해 코웃음을 쳤다.

"우리 집 남자, 몸집만 크지 못 써요."

더럽혀진 듯한 기분이 들어 아쉽다고 생각했다. 그리고 동시에 그 남자를 질투하고 싶어졌다.

신애가 몸을 일으켜서, 흐트러진 머리카락을 매만졌다. 그리고 병따개로 바위에 새기고 있었다.

"뭘 하는 거야?"

나도 일어났다. 석양이 등 뒤에 가려졌다.

"당신과 나의 머리글자를 새겨두려구요. 하늘과 땅에 영원히 남아있도록."

신애의 S와 광성의 K를 조합한 것이 완성되었다. 싱거(Singer) 재봉틀의 상표 같다고 내가 말했다. 신애는 유쾌하게 웃었다. 그 웃음소리에는 암자의 메아리가 있다고 생각했다.

다음날 일찍, 신애는 욕실에 내려가 찬물로 몸을 씻고, 암자 쪽에 함께 가달라고 말했다.

수미단 앞에 야채 튀김이랑 숙주나물이랑 흰밥을 차려서, 스님이 목탁을 두드리면서 염불을 하고 있었다. 신애는 승려 곁으로 가서 서있거나 쭈그리고 앉거나 하면서 아미타불에 예불을 드렸다. 염불이 끝나자, 옆방으로 옮겨서 하얀 뿔을 기른 나이 든 화승(畵僧) 앞에서 또한 기원을 드렸다. 승려가 목탁을 빠르게 두드리면서, 화상의 이름을 불렀다.

"나반존자(那般尊者), 나반존자."

열렬히 큰 소리로 외쳐대어서, 화상 중의 장자의 눈이 번쩍 빛나는 것 같은 기분이 들었다. 이 존자는 보통 장자의 모습으로, 불타와는 관계가 없는 듯이 보였지만, 신애는 열심히 부처상에 절하고 입으로 염불을 외며, 무언가 기원을 드리고 있었다. 도쿄에서 시나리오를 공부하고, 긴자의 바에서 여급을 한 적이 있는 그녀가 여전히 이런 미신을 믿는구나 생각했기 때문이다.

근행(勤行)14)이 끝나고, 객실로 가서 식사를 마치자, 신애가 또 바깥으로 나가자고 말했다.

어제의 기념할 만한 암벽에서 돗자리를 깔고, 우리의 머리글자를 베개 삼아 누워서 뒹굴었다.

"또 하나 고백할 것이 있어요. 화내지 않을 거죠?"

신애가 말을 꺼냈다.

해님은 머리 위에 있고, 무수한 바위가 옆에서 보고 있었다. 우리가 누워 있는 바위가 코끼리처럼 움직이고, 허공을 날고 있는 것 같은 기분이 들었다. 아래 세상은 구름 밑에 숨겨져 보이지 않았고, 하늘나라는 바로 가까이에 있었다.

"뭔데?"

나는 수상하게 생각했다.

"좀 전의 나반존자말예요."

---

14) 불전에서의 독경(讀經)이나 회향(回向) 등을 하는 일.

67

"어."

"아이 점지의 보살로 유명하대요."

"뭐야! 아이를 갖고 싶은 거야?"

"그래요! 지난번 좌담회에서 만났을 때에 당신으로 정했어요. 왠지 끌렸다구요! 주변에서 가장 머리 좋은 사람의 씨를 받을 수 있는 걸요."

"후후⋯."

나는 웃었다. 정말 웃기다고 생각하자 정말 우스워져서, 웃음이 멎질 않았다.

"그만둬요. 뭐가 우스운 거죠?"

나는 웃음이 멎지 않았다.

"자조하는 거예요?"

"응, 그런 거지."

"그런 거 싫어요, 싫어!"

신애가 몸을 떨면서 나에게 매달렸다. 한 손으로 내 손을 잡아 자신의 허리에 두르고, 꽉 안아달라고 말했다. 붉게 뜨거워진 입술이 부르고 있었다. 나는 쥐가 날듯이 그 입술을 빨아들였다.

신애는 흐느껴 우는 듯했다. 정신이 아찔해지는지 눈을 감고 있었다. 나는 또 정감에 빠져들었다.

태양이 천연덕스럽게 이를 보고 있었다.

바위가 군중처럼 늘어서 나를 노려보고 있었다.

68

죄다! 나는 눈을 감았다.

3일이 지나서 하산했다.

구름 위에 남아 있는 저 바위의 세계가 영혼 세계와 같은 기분이 들었다. 나반존자도 아미타불도 화가 났음에 틀림없었다. 나는 조금 식상하여 두 번 다시 신애를 만나지 않겠다고 생각했다.

그렇지만 시간이 지나면서 신애의 살결이 선명하게 머릿속에 떠올랐다. 그녀가 스스로 '제 피부는 두부 같아요'라고 말한 금방이라도 흩어질 듯한 피부나, 다양한 교태가 나에게 손짓하고 있었다. 산을 내려올 때 그녀에 대해 느꼈던 경멸도 온 데 간 데 없이, 나는 몸도 마음도 그녀의 포로가 되어, 그녀를 만나러 나섰다. 과수원에서는 일꾼들이 일하고 있는 모습이 나무 틈새로 보이고, 긴 통로에 들어서자 일본풍의 건물이 있었다. 현관에서 안내를 청하자, 신애가 뛰어나왔다. 놀란 기색을 감출 수 없었다. 그렇지만 곧 정신을 차리고 나를 방으로 안내했다. 그녀 외에 그녀의 친정어머니가 있고, 데릴사위인 남편은 집에 없었다. 신애는 이것이 이가와 다쓰조의 그 소설이라고 말하고, 잡지에서 오린 것을 책상자에서 꺼냈다. 「사격하는 여자」와 「봉선화」와 그 외에 한 편이 더 있었지만, 나는 그것을 손에 들고 슬쩍 보았지만, 읽을 맘이 들지 않았다.

"저, 아이가 태어나면 당신의 이름에서 한 자 받을게요. 남자 아이라면, 빛날 광자를 따서 광주(光珠)는 어때요? 여자아이라면, 별 성자를 따서 그 밑에 계집 희자를 붙이는 거예요. 이것을 봐줘요."

69

노트에 아이 이름을 몇 개나 마구 적어놓았다. 나는 노트를 넘기며, 산에서 보낸 3일간의 일을 써 놓은 것을 발견하고,

"그에게 발각되지 않을까?"

라고 물었다. 불안감이 솟구쳤다.

"이 상자는 누구도 만지게 하지 않아요."

신애는 이렇게 대답하고, 노트를 덮었다.

나는 벽에 걸린 파나마 모자나 스프링이 눈에 들어왔다. 그의 것인가 하고 생각해보니, 그런 물품도 나를 쏘아보았다. 나는 그에게 질투를 느꼈다. 밤새도록 신애와 동침할 수 있는 그가 부러웠다.

'내가 질투할 건 아니야.'라고 나 자신에게 말했다. 그렇지만 부러움과 질투심으로 가슴이 타올랐다. 나는 신애를 부둥켜안았다. 그녀는 눈을 감고 입술을 가까이 대었다.

돌아갈 때는 기차 시간에 맞출 수 있었다. 얼마 전에는 협궤 열차였던 기차가 광궤 열차로 바뀌고, 객실 차량도 좋아졌다. 신애의 집 뒤편을 지나가자, 뒤편에서 기다리고 있던 신애가 손을 흔들었다. 나도 손을 흔들자 옆에 앉은 승객들이 일제히 나를 쳐다보았다.

다음날도 그 다음날도, 이제 오늘로 끝이라고 생각했지만, 하룻밤이 더 지나니 나가지 않을 수 없었다. 어느 날 신애는 나를 강변 근처의 딸기밭으로 데리고 가서, 아카시아 나무에 둘러싸인 움푹 팬 땅에 앉았다. 풀이 우리를 숨겨주었다. 우리는 드러누워 뒹굴며 언제까지나 이렇게 있고 싶다고 생각했다.

"이제 가는 게 좋겠어요. 남편이 돌아올 시간이에요."

신애가 일어났다.

나는 어쩔 수 없이 일어났다. 그러자 발밑에 뱀이 있었다. 나는 소리 지르고 그녀에게 매달렸다. 신애가 뱀을 쫓았다. 뱀은 뒤를 돌아보듯이 멀어졌다. 두 개로 갈라진 불꽃처럼 뱀의 혀가 언제까지나 마음에 남았다. 돌아오는 기차 안에서, 이것은 순수하게 관능이라고 생각했지만, 육체의 향기에 빠져버린 나에게 어떤 야성도 남아있지 않았다.

그 다음날 여느 때처럼 과수원 안에 들어갔다. 일꾼들이 나를 발견하고 뭔가 수군거렸다. 갑자기 불안감이 내 마음에 엄습했다. 그래도 나는 현관으로 들어갔다.

그러자 그 집 현관에서 남자가 달려 나왔다. 나를 보자마자 뭔가 큰 소리로 고함쳤지만, 내게는 들리지 않았다. 나는 깜짝 놀라 얼어붙고, 손발이 저려왔다. 도망치고 싶었지만, 그것은 매우 비겁하게 여겨졌다. 그는 나에게 돌진하여, 팔을 뻗어 나를 끌고 가려 하였다. 얼굴이 하앴다. 키가 컸다. 뻗은 팔이 굵었다. 힘이 무척 있어 보였는데, 내 목덜미를 잡은 그의 손은 어쩐 일인지 부들부들 떨었다. 공포심은 내가 가져야 하는데도, 그가 떨고 있었다. 나는 그를 동정했다. 그의 심정을 헤아린 것이다.

일단 내 목덜미를 잡고 끌었던 손을 놓고, 뭔가 다시 소리치고, 안으로 뛰어 들어갔다. 그러고 보니 그의 손에 번쩍하고 비수가 번

뜩였다. 아뿔싸, 라고 생각했지만, 내 발은 얼어붙어서 움직이질 않았다. 이번에는 정말 찌를 기세로 그가 돌진했다. 나는 눈앞이 캄캄했다. 그러자 그의 발에 여자가 태클을 걸듯이 달라붙었다. 신애였다. 그래서 정말 2, 3치 차이로 비수가 나에게 닿지 않았다. 내가 여전히 우두커니 서있자, 뒤에서 끌어내는 사람이 있었다. 신애의 어머니가 필사적으로 질타하고 있었다. 나는 드디어 밖으로 나와 걷기 시작했다.

버스가 마침 와있어서 올라탔다. 흥분된 마음이 나에게 안개를 드리웠다. 아무것도 생각하고 싶지 않았다.

다음날 나는 자조감에 빠졌다. 자기혐오감이 엄습했다. 점심 무렵 신애가 쓴 편지를 배달꾼이 갖고 왔다. 열어서 읽어보고 나는 어안이 벙벙했다. 그리고 점차 공포심이 솟구쳤다. 그녀의 남편이 예전의 노트를 증거물로 삼아 간통죄로 고소하는 절차를 밟고자 변호사에게 갔다는 것이었다.

나는 고영(孤影)에게 일의 자초지종을 털어놓았다. 고영은 매우 걱정하여 내 대신 신애의 남편을 만나 교섭했다. 며칠이고 설득한 끝에 가까스로 타협할 수 있었다. 고소를 취하하는 대가로, 나에게 국외로 나가라는 것이었다.

"저쪽은 상하이나 홍콩 두 곳을 지정했지만, 어떻게 하겠나?"
라고 고영은 말했다.

"나는 도쿄에 갈래."

내가 대답하자

"저쪽에선 들어주지 않을걸."

고영은 조금 생각하더니

"음, 그렇게 하게. 나가사키에서 상하이로 건너갔다고 말하지. 나머지는 나한테 맡기고, 어쨌든 현해탄 너머로 가버리라구."

"응, 그렇게 하지."

"저쪽은 오늘 중으로 떠나라고 말한다니까."

"언제든 떠나지."

"집사람한테는 털어놨는가."

"이제부터 해야지."

"그런가."

고영은 감개무량하다는 듯이 나를 보았지만, "자네는 뭔가 병에 걸린 것 같군."

"병?"

그런가, 하고 나는 생각했다. 그는 병 대신에 색정광(色情狂)이라고 말하고 싶었던 것이다. '정말 그렇지'라고 나는 생각한 뒤에, 다시 공포심이 엄습했다. 이번에는 나 자신의 영혼이 구제받지 못할 지옥에 떨어지는 건 아닌가 하는 두려움이었다. 나는 이대로는 손도 쓸 수 없게 되는 것일까. 이미 성격이 파탄나기 시작한 것이라는 고뇌가 생겨났다.

고영이 간 후에 귀향이 왔다. 말이 없는 그녀의 눈에 약간의 비

아냥거림이 나타나

"혹시 그 여자가 아이를 낳는다면 그 아이는 당신과 같은 운명이 겠네요?"

라고 말했다.

나는 화가 났지만 그것을 억누르며

"조만간 먼 곳으로 가오. 이것이 이번 생의 이별일거요. 나는 결코 돌아오지 않을 것이오. 혹시 하는 희망은 품지 마시오. 내가 가버린 후에 당신 일은 당신이 결정하시오."

라고 말했다.

그녀는 나를 보았다. 내 눈에는 지금까지 없었던 결심이 드러나 있었다. 그녀는 얼른 눈을 돌렸다. 슬픔이 구름처럼 그녀의 둥근 얼굴에 자욱하였고, 그리고 순식간에 검게 변해갔다. 숯처럼 새까매지는 것은 아닐까 하는 생각이 들었다.

그녀는 조용히 일어나 나갔다. 문 저편으로 사라져 아무런 소리도 들리지 않았다. 적막이 참을 수 없을 만큼 주변에 자욱했다.

그러자 레코드에서 음악이 시작되었다. '연락선은 떠난다.'였다. 흐느껴 우는 듯한 목소리로 가수가 노래를 불렀다. 연락선은 떠난다. 정들고 그리운 당신은 떠나고, 잘 가소! 잘 있소! 눈물 젖은 손수건… 감상(感傷)이 내 마음을 휘저어 놓았다. 울며 가슴을 도려내는 귀향의 모습이 보인다. 남겨질 사람의 심정이 되었다. 잔인하다고 생각했다.

인텔리 여성의 집

1. 사랑의 글을 찢어버린 아버지

동생의 친구 A씨가 약 보름 전에 결혼을 했다고 합니다. 신랑도 신부도 모두 인텔리로서 게다가 상당한 가문의 자제입니다. 결혼식을 마치고 며칠을 신부 집에서 지낸 신랑은 본가에 돌아갔습니다. 신부는 신랑이 떠난 후 외로움에 달콤하고 아름다운 사랑의 글을 써 신랑에게 보냈습니다. 여기까지는 괜찮습니다만 지금부터가 쓴 웃음이 지어집니다. 그 사랑의 글은 운 나쁘게도 A씨의 아버지가 먼저 개봉하여 소리 높여 낭독했던 것입니다. 2, 3줄도 읽지 못하고 노인의 흰 수염은 떨리기 시작하더니 낭독 소리는 신음으로 바뀌었습니다. 그래도 겨우 한 페이지를 읽었으나 마침내 참을 수 없어 그 편지를 갈기갈기 찢어버리고, 쥐고 마구 주물렀지만, 그것으로도 성이 차지 않은지 화로에 넣어 태워버리고는 큰일이라도 난 듯이 집안사람들에게 말하기를

"음. 결혼한 지 며칠 지나지 않은 신부가 이런 난잡하기 그지없는 글을 쓰다니… 이건 우리 가문의 치욕이다. 이 일은 누구도 입밖에 내지 마라. 다른 사람이 알면 뭐라 하겠는가. 절대로 이런 여자를 우리 집 며느리로 받아들일 수 없다." 하고 매우 언짢아하면서 지나치게 화를 내어 곤란하다는 이야기입니다.

이 이야기에는 조금도 보탠 것이 없고, 오히려 사실은 오늘날의 젊은이들은 상상도 할 수 없을 정도로 옥신각신했다고 합니다. 결국은 이 시아버지를 모셔야 할 며느리는 이를 듣고 어찌나 놀랐고 또 나중에는 얼마나 한탄을 했을까요! 이것만으로도 신부의 꿈은 완전히 엉망이 되어버렸던 것입니다. 그녀가 생각하는 것과 그녀의 시아버지가 생각하는 것에는 40년이라는 긴 세월의 차이가 있음을 어찌 하겠습니까. "요즘 세상에 생각해보면 하루라도 늦게 태어나면 그만큼 현명한 인간일 것이다."라고 젊은이 앞에 깨끗하게 투구를 벗어보였던 어떤 새로운 노인의 명언들은 그의 시아버지에게는 거의 이해할 수 없는 것이었고, "성현도 시속에 따른다."라는 공자의 가르침도 결코 자신을 비추어서 생각되지 않은 것입니다.

이러한 노인은 A씨의 가정에만 있는 것은 아니고 소수의 새로운 가정을 제외하고 거의 일반적으로 오십보백보 힘든 일이 산적해 있는 것입니다. 신여성, 소위 인텔리여성은 어김없이 요리도 못하고 재봉질도 못합니다.

그 이유는 여러 가지가 있겠지만 주로 공부 때문에 직업 때문에 특별히 취미를 가지지 않는 이상 그런 일은 하인들이나 하는 일이라고만 생각하고 있기 때문이기도 하고, 또한 생활 정도 이상으로 귀족생활을 하는 가정, 봉건사상의 잔재를 떨쳐버리지 못하는 가정에서 자라났기 때문이기도 할 것입니다. 신여성은 우선 가정에 들어가면 이 점에서 힘든 것입니다. 자신의 마음에 뿌리 내리고 있는 귀족적인 생활, 또한 학교나 사회의 겉면에서 배운 문화생활, 이것으로 인한 외면적 화려함과 또 하나 자신은 인텔리라는 자부심에 가득 한 오만, 이것들이 가정에 들어간 인텔리 부인들을 힘들게 하는 화의 원천인 것입니다. 이것이 가장 큰 고통의 원천이라고 하는 것은 우습기도 하지만 제3자로부터 '뇌가 없다.'라는 험담을 듣기까지 하는 것은 조선이기 때문입니다. 쇠로 만든 성(城)처럼 견고한 봉건사상이 뿌리내리고 있는 사람들에게 지배되고 있는 가정에서 일어나고 있는 일이기 때문에 어쩔 수 없는 갈등입니다.

2. 남의 눈을 피하는 유행복

고추, 마늘을 넣지 않으면 맛의 의미를 알지 못하는 노인들에 녹초가 된 어떤 부인은 기껏 연구해서 만든 자기 요리 접시를 앞에 두고 "참! 기계 같은 입이네!"라고 탄식하고, 생활 개선을 위해 미

싱으로 만들 수 있는 간단복을 만들려 하면 노인들은 아직 보지도 않고 "수치스럽다"라고 자기 눈을 가리는 것이 실정이니, 1년 내내 바느질하기 힘들고 세탁이 번거로운 비경제적인 재래복만 입지 않으면 안 됩니다.

"자신이 입었던 적이 없는 것은 뭐든 옷이 아니라고 하니, 왜 재래복이 아니면 안 되는지 참 의미가 없어요."라고 한탄하는 그녀의 생각도 물론 일리가 있는 이야기입니다. 그렇지만 그녀들은 일리 있는 생각을 말할 수 없어 묵묵히 인습에 복종하고자 하는 것입니다. 그러나 세탁이 어려운 저고리(상의)의 까다로운 재봉선에 인두질을 할 때마다 화상을 입습니다. 그 화상을 호호 불면서 밥을 할 때 폭발 직전의 화산 속에 있는 것 같습니다. 친구들 또는 후배가 유행하는 옷에다 그림 양산, 하이힐로 자유롭고 명랑하게 걸어가는 것을 볼 때, 그 옛날 자신의 꿈과 이상이 새롭게 떠올라 불현듯 느껴 우는 것입니다. 남편이 배려해 준 유행패턴의 옷을 언제까지나 넣어두기만 하는 아쉬움 때문에 보자기에 싸서 집을 나와 친구 집에서 갈아입고 사람들의 눈길을 피해 외출해봅니다. 시댁 사람들에게 발각되면 어쩌나 하는 불안은 가슴에서 요동쳐 하이힐을 신은 발이 평탄한 길에도 비틀거리며 그런 심한 꼴불견에 마음마저 한탄스러워집니다. 아이 엄마가 된 어떤 사람은 유모차에 아이를 태워 즐겁고 의좋게 남편과 둘이 동네 산책이라도 하고 싶다고 치마 속에 감추고 밤새워 혼자 아기 옷을 만들어 보았다는 이야기도 있습니다.

생활개선, 문화생활, 이것은 모두 그녀들에게는 바위를 대나무바늘로 뚫으려 하는 헛된 일입니다. 그렇다면 인습에 반역하여 이혼의 고배를 택하든가 아니면 완전히 자아를 잃고 옛것 속으로 녹아들어가 버리든가 하는 것밖에 없다고 지레짐작하는 사람이 열 명 중 팔구인 듯합니다.

오늘날 일반 가정에서 신여성이 환영받지 못하는 것은(젊은 남성들이 열망하고 있는 것에 비해) 인습과 정면충돌을 하여 마침내는 남편과의 사이까지 영향을 받는 일이 많기 때문이기도 하고 옛것에 동화되어버렸다고 해도 처음부터 옛날식의 무학(無學) 여성보다도 잘 해나가지 못하기 때문이기도 합니다.

그렇지만 일반 남성은 가능한 한 신여성과 결혼하고 싶어 합니다. 어쩔 수 없이 무학 여성과 결혼하는 남성은 거의 모두 "이 결혼은 부모가 시킨 결혼이고 결국 나는 나 자신의 결혼을 한다."라고 하는데, 나 자신의 결혼이라는 것은 바로 그 대상을 신여성으로 하는 것을 말합니다.

이렇게 말하면 오늘날의 신여성을 스스로 너무 깎아내리는 듯하고 일부의 표면만을 말하는 나의 편견이라고 말씀하실 지도 모르겠습니다만, 인텔리 여성이 가정에 들어가 고민한다면 그 원인은 열이면 열 여학생 시절의 꿈과 허영 때문에 구습과 절충이 잘되지 않기 때문만은 아니라고 저는 항상 생각하고 있습니다.

내가 인텔리라는 자부심을 버리지 않는 이상 인습과 정면충돌하기 쉽습니다. 그렇다고 인습에 녹아들어가 버린다면 기껏 배운 의의가 없어질 것입니다.

3. 서서히 생활 개선으로

남편의 가정에는 받아들여지지 못하면서 남편에게는 환영받는다는 이 원인을 단지 인습으로 살아가는 부모 탓으로 돌려 우리들 신여성은 무턱대고 괴로워하기만 해서는 되는가. 무학 여성은 환영받고 인텔리 여성은 환영받지 못한다는 모순을 이대로 돌아보지 않아도 되는가 하고 배울 수 있었던 자는 책무를 가지고 항상 인습의 가정에서 고뇌하는 가슴에 제의(提議)해 보아야 하지 않겠습니까?

한번 가정에 들어간다면 인습 앞에서는 복종의 백기를 들고 서서히 후면에서 공격해 들어가 다수의 불행한 무학 여성의 손을 끌고 그녀들에게 배우고 또 그들을 가르치며 사회의 외면에서 내면으로 눈을 다시 향해야 한다고 생각합니다. 그리고 1년에 1센티 전진한다는 생각으로 생활을 개선해나가야 합니다. 아무리 완고한 인습의 사람이라고 해도 신분에 맞는 무리 없이 자연스럽게 나아가는 새로움이라면 무조건 새로움에 반발하지는 않을 것입니다. 그 사람에게 새로움이 조화롭게 되면 옛 사람의 눈에도 결코 우습게 는 생각하지 않을 것입니다.

구습의 사람은 머리가 단순합니다. 그만큼 이 난관을 넘어서는 것은 쉽지 않겠지만, 중정불편(中正不偏)[15]을 존중하고 중용은 덕의 극치라고 가르친 공자의 도를 그들의 머리에 환기시키고 이용하게 하는 것도 어려운 일은 아닐 것이라 생각합니다.

새로움을, 사회 표면에 머무르는 겉치레뿐인 새로움, 그것만을 머릿속에 바로 넣지 말고 한번 자신의 생활에 비추어 소화하고 반추하여 확실한 나의 주관을 세워 옛것과 사이좋게 타협해야 합 니다.

새로운 옷, 하이힐을 노부모의 눈을 피해 입는 사람을 굳이 나무 라는 것은 아니고 그 정면충돌을 피한 여자다운 천박함은 오히려 동정해야 할 것임에 틀림없습니다만, 한 발짝 더 깊이 들어가 생각 하면 하이힐 한 켤레의 가격은 조선의 다수민의 생활에서는 쌀 한 섬의 가격입니다. 유행품이 빛나는 이면에는 무너져가는 무언가가 있는 것입니다.

옛것에서 새로움으로의 과도기에는 이러한 현상은 어쩔 수 없는 것입니다. 우리들 이중삼중의 고통 하에 있는 조선의 소수 인텔리 여성은 여성들의 틀을 파괴하더라도 이 과도기를 현명하게 지내야

---

15) 치우치지 않고 공정함.

한다고 생각합니다. 외면적인 고통을 말끔히 버리고 실생활을 양 어깨에 지고 남편과 더불어 분투해야 하지 않겠습니까?

그리하여 조금이라도 지금보다 나은 가정으로 또는 사회로 개량 하는 것이 과도기에 처한 우리들 인텔리 여성의 의무이기도 하고 또한 우리들의 오늘날의 고통을 가치 있는 것으로 만드는 것이 아 니겠습니까?

가정부인의 고뇌, 이것은 인텔리 부인의 고뇌가 아니라 무학 가 정부인에 한정된 것이라고 생각합니다. 왜냐하면 무학 부인은 태어 나면서 삼종지도에 따라 부모의 전제(專制)로부터 시어머니의 전제 로 시집가서 한 집안의 주부로서 그 가정의 모든 고통을 일신에 받 고 게다가 남편으로부터 이혼하자는 큰 고뇌를 떠안고 있습니다. 하지만 그녀들은 모두 숙명이라 여기고 조용히 자신의 신세를 한 탄하고 있는 것입니다.

이러한 그녀들의 고뇌야말로 진정한 여성의 고뇌이고, 과도기에 있는 여성의 고뇌인 것입니다. 그러므로 오늘날의 신여성, 즉 인텔 리 여성은 기혼, 미혼을 불문하고 더욱 가정에 관심을 가지고 자중 해야 한다고 생각합니다.

— 『오사카매일신문』(1934.7.4-6)

필자 약력 : 백신애(27) 여사는 경북 영천 공립보통학교 교원으로 출발하여 애인과의 엇 갈림으로 러시아와 중국 국경에서 게베우16)의 총탄을 맞았다고도 하고 나중에 조선일보 사 현상소설 모집에 응모해 1등에 당선되어 문명(文名)을 드높였고, 외국어 흑인교수의 비서에서 일본 키네17)의 인기 여배우로 파란만장한 반생을 보낸 다정다감한 사람.

봄 햇살을 맞으며

나는 지금 화창한 봄 길을 자동차로 달리고 있다

즐거운 한 때다!

더구나 이 길은 그리운 나의 집으로 가는 길이다.

야간열차를 타고 온 하룻밤의 피로가 이 즐거운 귀갓길을 달콤한 잠으로 유혹한다.

아름다운 추억들이여! 지금은 내 가슴을 네가 차지했구나. 마음대로 자유롭게 놀아주렴.

아! 이런 일도 있었지….

그것은 어느 해 초봄으로 아버지가 살아계실 때였다. 내 나이가 스물을 넘겼을 때지만, 아버지는 일곱 여덟 살 아이처럼 나를 귀여워해주셨던 때이다. 나는 여러 가지 꽃씨를 사 놓고는 빨리 따뜻한

---

16) 소비에트 연방 레닌·스탈린 정권하에서 반정부적인 운동이나 사상을 탄압하던 비밀경찰. 게베우는 러시아어로 약칭 GPU로 알려져 있다.

17) 오카다 사부로가 설립한 일본 영화사. 각주 8) 참조.

봄바람이 불어오기를 애타게 기다리고 있었다.

어느 날 드맑은 하늘 아래에서 나는 낮잠에 빠져들었다. 그 짧은 잠에서 깨어보니 갑자기 봄이 가슴에 와 있었다.

봄기운이 가슴 가득히 느껴졌다.

나는 잠시도 참을 수가 없어서 바로 뜰로 달려가 괭이를 꺼내들고, 흙을 파서 일구고 선을 그으며 열심히 화단을 만들어갔다.

화단 가까이에 아버지가 수련을 심겠다고 둥근 구덩이를 파서 시멘트로 굳혀 둔 것이 있었다.

그걸 잊고 있었던 것은 아니지만, 일분이라도 빨리 씨를 뿌리고자 열중한 나머지 흙을 파다가 쿵하고 그 시멘트 구덩이에 떨어져버렸다.

그 순간은 앞이 깜깜한 게 아무것도 느낄 수 없었는데, 다음 순간에는 다리와 허리가 아파 아무 소리도 나오지 않았다.

어머니와 언니, 조카들은 무정하게도 손뼉을 치며 웃고 있었다.

"뭐가 웃겨?"

나는 부끄러워서인지 아파서인지 아무튼 소리를 질렀다.

"왜 그런 데로 떨어져!"

하고 그녀들은 점점 더 자지러지게 웃었다.

"이제 봄이잖아! 꽃씨 뿌리는 거 늦어지면 어떻게 할 건대? 누구 하나 화단 만드는 거 도와주지 않으면서. 어휴, 속상해. 그래도 꽃이 피면 자기들이 제일 먼저 제 꽃인 양 좋아할 걸."

나는 넘어진 채 화를 내며 쏘아붙였다.

"너 잤어? 어쩌다 그런 데 빠졌어? 그렇게 서둘지 않아도 봄이 되면 자연히 화단에 꽃은 피는 법이야. 너 머리가 어떻게 된 거 아니니?" 하고 아무도 나를 꺼내주려 하지 않는다.

"이렇게 따뜻해진 걸 모르겠어?"

나도 지면 체면이 말이 아닐 것 같아 맑은 하늘과 밝은 태양을 양손을 벌려 가리키며 외쳤다.

하지만 모두 웃기만 했다. 나는 하는 수 없이 혼자 일어나 아픈 다리를 무리하게 쭉 펴면서 화를 내 뾰로통해져 방으로 들어갔다.

그 일을 아버지가 저녁식사 때 듣고,

"너희들은 신애를 덤벙댄다고 놀리지만 그건 너희가 둔해서 그런 거야."

하고 잘 아는 것처럼 말해주셔서 나는 체면도 서고 아주 자랑스러웠다.

"또 떨어지는 일이 있으면…"

하는 마음에 아버지는 수련을 단념하고 그 구덩이를 메워버리셨다.

다시 떨어지는 일 없이 안심하고 화단을 만들도록….이라고 아버지는 생각한 것 같다.

아버지는 내 손으로 씨를 뿌린 꽃을 가장 좋아하셨다.

아버지가 돌아가신 후로는 나는 한 알의 씨도 뿌리고 싶지 않았다. 그뿐만 아니라, 화단 따위는 애당초 속된 거야, 곰상스레 만들고 있자니 우스워서 못 하겠다, 라고 생각이 바뀌어 버렸다.

그 대신 아버지가 임종 때까지,

"문학은 그만둬라. 문학하면 궁색해진다."

하고 엄하게 명하셨지만, 문학은 도저히 그만둘 수 없어 자나 깨나 계속하니 나도 어지간히 불효녀인 것 같다.

그러나 이것은 아버지를 고의로 거역하려고 하는 것이 아닌데, 그걸 무덤속의 아버지가 알아주실지 조금 걱정이다. 나는 늘 이것이 걱정이 되어 때때로 남몰래 울 때가 있다.

이걸 보면 아버지에 대해 그렇게 불효녀라고 못 박지는 않아도 될 것 같다. 하지만 이런 걸 생각한다는 것은 역시 진짜 효녀는 아니라는 증거일지도 모른다.

어느 쪽이든 간에 나는, 아버지가 몹시 좋아하고 사랑하신 화초라 해도 절대로 그런 속되고 곰상스런 일은 하지 않기로 마음을 정했고, 내가 궁색해지는 것을 아무리 아버지가 걱정하셨다고 해도 가난이 두려워 문학을 버리는 일 또한 하지 않기로 마음을 정해버렸다.

"문학하면 가난해진다."

라는 말을 내뱉은 고인이 원망스럽다. 호랑이한테나 잡혀 먹혀버렸으면, 아버지에게 쓸데없는 걱정을 끼쳤으니까.

나는 아무리 궁색한 일이 있다 해도 문학을 계속하고 있기에 이렇게 즐거운 것이다.

올해도 둔감한 가족들은 아직 꽃씨를 뿌리지 않았을지도 모른다. 아무래도 좋다. 시멘트 구덩이를 메우지 않아도 난 이제 떨어질 염려가 없으니까 상관없어.

아버지!

나는 지금 봄 길을 달리며 이렇게 즐거워요, 이렇게 너무나 아름답게 살고 있어요.

문학의 새싹이 가득 이 가슴을 초록빛으로 물들이고 있어요. 때때로 남몰래 불효라는 생각에 눈물짓습니다. 용서해주시기 않는다면 나는 죽어서 아버지 곁으로 가 드리지 않을 것예요. 그렇게 생각하세요. 당신에게 가장 슬픈 일은 나를 못 만나는 일이잖아요? 그렇잖아요?

—『국민신보』(1939.4.9)

나의 시베리아 방랑기

나는 어렸을 때 '잠'이라는 귀여운 이름을 갖고 있었다. 그러나 개구쟁이 오빠는 언제나 "야, 잠자리!" 하고 나를 불렀다. 호리호리한 몸에 눈만 몹시 컸기 때문에 불린 별명이었다.

나는 속이 상했지만 오빠한테 싸움을 걸 수도 없어서 혼자 구석에서 훌쩍거리며 울곤 했다.

울고 있으면 어머니는 또 울보라고 놀리셔서 점점 더 하루 종일 훌쩍거리며 구석에 쪼그리고 있었다. 그러다 심심해지면 벽에다 손가락으로 낙서를 하며 무언가 골똘히 생각에 잠겨있었다.

내가 훌쩍거리던 그 구석 벽에는 세계지도가 붙어 있었다. 나는 언제부터인가 훌쩍 훌쩍 울 때면 마음을 달래기 위해 그 지도 위에 선을 그으며 '여기는 미국! 우리 집은 이런데 있구나!' 하며 혼자 재미있어 했다. 그런 때 누군가가 러시아를 가리키며 "여기는 북극이라 사람이 살 수 없단다. 낮에도 어두컴컴하지. 그리고 오로라가 보인단다."

라고 말해주었다. 나는 북극, 오로라, 낮에도 어둡다, 라는 말에 '어머! 멋있는 나라겠다.'라고 생각했다. 13세 소녀의 꿈은 끝없이 펼쳐졌다. 그때부터 나의 훌쩍거리던 구석에 붙어있는 세계지도는 내 생활의 전부인 듯이 생각되었다. 북극, 오로라만이 아니라 레나강도 찾아내었고, 바이칼호도 우랄산도 나의 아름다운 꿈속에서 동경의 대상이 되어버렸다.

"언젠가 꼭 레나강에 조각배를 띄우고 강변에는 자작나무로 된 통나무집을 짓고 눈이 하얗게 덮인 설원을 걸으며, 아름다운 오로라를 바라봐야지! 그리고 초라한 방랑시인이 되어 우랄산을 넘을 땐 새빨간 보석 루비를 찾아 볼가의 뱃노래를 멀리서 들을 거야." 라는 뱃노래를 멀리서 듣는다. 내 머릿속은 공상의 즐거움으로 가득했다.

어떻게 나 같은 울보 잠자리가 누가 보아도 어울리지 않는 이런 꿈에 젖었는지 조금 이상하다. 정말로 나는 이상한 여자애였다.

이 이상한 여자애에게도 시간은 흐르고 세월은 쌓여, 열아홉 살의 봄을 아니 열아홉 살의 가을을 맞이했다.

드디어 기회가 왔다. 감상적인 오랜 꿈은 빨간 열매로 익어 작은 손가방 하나를 든 소녀여행자가 된 것이다.

누가 알았을까! 이 소녀가 바로 행복과 애정으로 가득한, 따뜻한 가정을 빠져나온 마음 약한 잠자리라는 것을.

게다가 난 페르시안 고양이 같은 모습으로 허용될 수 없는 모험에 가슴을 콩닥거리며, 훌쩍 훌쩍 울며 길러온 꿈을 향해 정신없이 달려 나갔다.

밤중에 고향을 떠나올 때, 병든 친구의 임종을 지키기 위해서라고 난생 처음 어머니에게 거짓말을 했다.

원산에서 배로 웅기까지 가는 동안 짧은 단발머리를 볼품없이 틀어 올려 시골 여자애로 변장을 했다.

배가 (아마 2천 톤 정도의 상선이었다고 생각한다.) 웅기항으로 들어갈 때 선객은 모두 내릴 준비로 분주했지만, 나는 재빨리 몸을 감출 장소를 찾느라 분주했다. 마침내 선객들이 내리기 시작하자, 나는 초조한 마음을 견딜 수가 없었다. 그때 옆에서 누가 보았다면 내 눈은 새빨갰을 것이다.

"그렇지!"

하선객 속에 섞여 있던 내 눈에 갑자기 뛰어 들어간 곳은 변소였다. 그래서 변소 안에 숨어 배가 가는 곳까지 어디라도 가자, 만약 도중에 들키면 그뿐이다,라고 마음을 정해버렸다. 어쩜 그렇게 대담했을까! 그로부터 5시간, 웅기항에서 닻을 올리기까지 변소 안에 쭈그리고 앉은 채 숨을 죽이고 있었다. 다리가 저려오고, 아니 막대기가 되었다가 돌이 되고, 그리고는 어떻게 되었는지 무엇이 되었는지 알 수 없었다.

수상경찰의 선내 검사가 끝나고 배는 닻을 올리기 시작했다. 다행히 수상경찰의 눈은 벗어날 수가 있었다. 그 날카로운 경찰들도 변소 안에 페르시안 고양이로 변한 잠자리가 숨어있는 것은 알아차리지 못한 것 같다. 이것으로 첫 번째 난관은 무사히 통과한 셈이지만, 앞으로가 문제일 수밖에 없었다.

웅기항을 출발하여 얼마 지난 후 누군가가 변소 안으로 들어오는 것 같아 숨을 죽이고 귀를 나팔처럼 벌려 바짝 기울였다.

"으흠."

들어온 사람은 크게 헛기침을 하고 문을 노크했다. 나는 눈을 감고,

"나무아미타불."

일어서려다가 어떻게 된 건지 모를 정도로 저린 다리가 말을 듣지 않았다.

문이 확 열렸다.

문짝 뒤에서 그 사람 가슴 속으로 뛰어드는 애인처럼 쓰러져버렸다.

그 사람은 놀라서 잠시 말도 안 나오는 듯 입을 다물고 있었다.

"부탁입니다. 살려주세요. 내 부모님은 러시아에 있습니다. 제발 러시아에 가게 해주세요."

라고 터무니없는 거짓말을 하고 눈물까지 흘렸다. 눈물은 정말로 나온 것인지도 모른다.

"안 돼요. 밀항하다가 들키면 죽어요."

그 사람은 가장 먼저 이 말을 하고 무서운 얼굴을 했다. 하지만

민첩한 내 눈에 비친 그는 젊은 남자로 아름다울 리 없는 3등실 보이의 면상이었다. 하지만 그런 사치스런 생각을 할 때가 아니었다. 다만 무작정 정말로 무작정 한시라도 빨리 구출받고 싶다는 일념으로, 열심히 내가 어여쁜 처녀라는 것을 알리고자 안달을 했다. 여자만의 무기! 그것을 가지고 그 남자를 정복하고자 하는 무서운 생각이었다.

"아아, 용맹스런 세상의 젊은 남성들이여! 이렇게도 약한 인종인가!"라고 탄식할 마음의 여유는 없었지만, 나는 아무튼 승리를 쟁취한 셈이었다.

최후의 장면이 닥친다면 그때는 두 번째 여자의 무기가 있다. 그래서 나는 두려워하지 않았다.

'유복한 가정의 외동딸. 게다가 청순하고 허위를 모른다. 나한테 반했으니 장래에는 이런 3등실 보이 따위는 아니지. 당당한 사위가 되는 거다!'
라고 그가 진심으로 자각할 때까지 유도해가는 것……. 이건 그리 노력하지 않아도 가능한 일이다. 왜냐하면 나는 그때 정말로 순수한 처녀였고 아름다웠으니까. 그는 무지하기 때문에 이런 나의 본질을 알아도 멍청하게 속아 넘어갈 것이다.

그래서 나는 변소 안에서 선실 아래로 철 계단을 따라 내려가 뱃짐과 함께 밀항쥐가 되었다. 그는 나를 선녀처럼 대하며 더구나 사랑을 동경하면서 먹을 것까지 갖다 주고 위로해주었다.

그의 뒷모습을 보며 혀를 쏙 내밀 정도로 닳아빠지진 않았지만, 아무튼 재미있어 견딜 수가 없었다. 캄캄한 선저(船底)! 귓속에서 부서지는 파도 소리에 심장을 기쁨에 떨고 있었다.

시간은 흘러 10여 시간 뒤 드디어 배는 블라디보스토크에 도착하는 것 같았다. 그 보이의 마지막 경고를 받게 되었다.

"난 모릅니다. 곧 게베우의 군인이 조사하러 올 겁니다. 그때 들켜도 내 말은 하지 마세요. 들켜도 정말 난 몰라요."

라고 말하는 그의 얼굴이 어둠 속에서도 파랗게 질린 듯이 느껴졌다. 물론 내 간도 콩알만 해졌다. 잠시 후 시끄러운 구두소리와 함께 게베우 군인이 직접 배 안을 조사하기 시작했다. 나는 각오를 단단히 했다. 총살당하는 것도 그렇게 무의미한 최후라고는 할 수 없어, 푸른 하늘 아래서 몇 발의 총탄을 맞고 퍽 쓰러져 죽는 것도 재미있을 거야! 어쩌면 총살 5분 전에 구출된 도스토예프스키의 운명을 이어받지 말라는 법도 없고, 아무튼 될 대로 되라, 라고 생각하며 화물 밑에서 숨을 죽이며 기다리고 있었다.

그러나 나는 한없는 행운아였는지 게베우의 눈에서도 벗어날 수 있었다.

"정말 다행이었어. 오늘밤 안에 이 배에서 도망가면 돼."

라고 그 보이 씨는 내 옆에서 와서 기뻐해주었다.

그리고 열한 시간이 경과한 한밤중이었다. 갑판에서는 인부들이 화물을 내리려고 몰려들었다. 나는 남자모습으로 변장하고, 인부

속에 섞여 들어가 그 보이 씨에게 일금 300원을 답례로 건네고, 갑판에서 무려 십칠팔 척 아래에 있는 선창을 향해 두 눈을 꼭 감고 펄쩍 뛰어내렸다. 뛰어내리는 순간 양 귀가 공중을 나는 것도 같고, 하늘로 끌어올려지는 것도 같았는데, 다음 순간에는 선창 위에 엉덩방아를 찧고 너무나도 비참한 포즈로 내동댕이쳐졌다.

나는 부서진 것처럼 아픈 꼬리뼈를 양손으로 누르며 달아나는 토끼처럼 물건 뒤에 숨었다. 숨는 것까지는 좋았는데, 다음 순간 내 심장은 얼음처럼 싸늘해지고 말았다. 번쩍 빛나는 처참한 빛을 띤 총검이 내 옆구리에 바짝 들이대어진 것이다.

아! 한심해라! 그때 나는, 잠자리 본성을 다 드러내 부들부들 떨며 으앙, 하고 아기처럼 울부짖었다. 아름답던 꿈! 동경하던 꿈속에 빠져버린 나! 나의 꿈은 현실세계에서는 너무나도 무서운 모험을 동반하는 것이었다.

'아이그머니!'

나는 무명천을 찢는 듯한 비명을 질렀다.

총검을 내 배에 들이댄 그 러시아 병사의 모습은 철제 거인처럼 느껴졌다. 그는 큰 소리로 뭐라 뭐라 외치면서 나에게 서서 걸으라는 몸짓을 해보였다.

'아이고 살았다!'

총검에 찔려 죽는 일은 면했구나, 하고 눈물을 닦으며 일어서서 병사가 가리키는 대로 걷기 시작했다.

걷다보니 어느 새 눈물은 말라버린 듯했다. 조금씩 정신을 차려가며 약간은 대담해지기도 하여 일부러 늦춰도 보고, 빨리도 해보고, 때로는 딴 방향으로 걸어보기도 했다. 그러자 병사는 그때마다 고함을 치며 허리 부근에 딱 들이댔던 총검을 옆구리 쪽을 지나 눈앞에 번쩍하고 빛나게 했다.

'앗!'

나도 지지 않고 그때마다 기겁을 한 듯이 깜짝 놀란 표정을 지어 보였다.

그렇게 얼마를 걸었는지 모르겠는데 10리도 넘었겠다고 생각될 무렵, 한 채의 큰 건물 안으로 들어갔다.

들어가니 큰 테이블이 나란히 놓여있었다. 실내에 루바슈카[18]를 입은 사람이 한 명 있었는데, 병사와 오랫동안 문답을 하더니 내 옆으로 다가와 몸을 수색할 뒤에 한 의자에 앉게 해주었다.

그로부터 약 10분쯤 지나자 다른 병사가 들어와 내게 말을 걸었다. 아주 무섭게 생긴 얼굴이어서 일부터 더 떠는 듯이 행동했다.

잠시 후 그 병사가 나를 데리고 제7천국과 같은 긴 계단을 걸어 마침내 7층까지 올라갔다.

확실히 그곳은 내 고향집보다 하늘의 별들이 가깝게 보였다.

그리고 하나의 문을 열고는 들어가라는 몸짓을 하기에 나는 젖

---

18) 러시아의 민속의상으로, 풍성한 긴 소매에 힙을 가릴 정도로 길이가 길게 일직선으로 느슨하게 내려온 블라우스이다.

가슴에서 떼놓으려 할 때의 아기처럼 병사의 가슴팍에 확 달라 붙어버렸다.

"싫어요, 이건 감금이잖아요."

하고 떼를 쓰는 아이처럼 발을 동동거렸다.

"안되겠네. 이 년! 왜 아우성이야."

그런 말이겠지! 병사는 점점 더 화를 냈다. 그때 문득 보니 병사의 모자 가장자리에 커다란 빈대가 유유히 산보를 하고 있어, 나는 깜짝 놀라 병사에게서 떨어져 들어가라는 방으로 뛰어 들어가 버렸다.

나중에 안 사실이지만, 그 건물이 바로 '게베우 극동본부'인가 하는 곳으로 내가 들어간 제7천국, 그것은 유치장이었다.

매일 높은 창문에서 아래 길을 내려다보면, 한복이나 기모노 모습은 한 사람도 섞여 있지 않았다. 양복을 입은 사람뿐이어서 나는 비로소 조국에서 멀리 떨어져 있는 것을 실감했다. 더구나 철창에 갇힌 몸이라는 잠자리의 공포가 깊어갔다.

만 한 달!

그 후 어느 날 두 명의 병사에게 호송되어 배에 태워진 채 3시간을 갔다.

끌려 내린 후에 보니 산에 둘러싸인 목가적 정서가 넘치는 시베리아 풍의 작은 항구였다.

무성한 풀숲 속에 빨간 깃발이 세워진 하얀 건물 안에 다시 갇혀

버렸다.

　거기서 7일간! 철창은 부러지거나 굽어있어 밤에 달이 뜨면 철창 밖으로 보이는 설경에 가슴이 어는 것 같았다. 아침과 저녁에 한 번씩 검은 빵을 한 근씩 나누어주고 대소변을 보게 밖으로 데리고 나갔다.

　나는 밖에 나가는 것이 좋아서 그때마다 밖으로 나갔다. 넓은 들판에 제각각 자리를 잡고 마음대로 용변을 보는 광경은 세계 어느 나라에서도 맛볼 수 없는 유머이다.

　정해진 변소가 없다. 변소를 정해서 냄새를 참아가며 용변을 볼 필요가 없는 것이다. 어차피 넓은 들판이다. 설령 한 덩이의 변을 떨어뜨린다 해도 이렇게 거대한 풍경에 무슨 흠이 되랴. 더구나 달밤에 달을 바라보며 총검을 든 보초병을 세워두고 천천히 용변을 보고 있노라면 들똥 맛, 이라 하면 좀 이상하겠지만, 일종의 상쾌함을 느끼는 것이다.

　어느 날 새벽! 아마도 영하 2, 30도는 되는 이른 아침에 나는 끌려나왔다.

　밖에 나와 보니 중국인 4명이 나란히 서 있고, 말을 탄 2명의 병사가 나를 기다리고 있었다.

　"걸어!"

　러시아어 호령 한마디에 4명의 중국인 뒤에 줄지어 나도 걷기 시작했다.

'어디로 가는 거지!'

나는 묵묵히 그저 걸었다.

넓고 넓은 시베리아의, 라는 노랫말 그대로인 넓고 넓은 설원을 지나 황량한 언덕과 산을 걸어서 넘었다.

말을 탄 두 병사는 목소리를 맞춰 소리 높여 노래를 불렀다. 그 노래는 황량한 풍경과 너무나 잘 어울려 나도 모르게 눈물이 흘러내렸다. 눈물은 닦지 않아도 거센 찬바람이 가지고 가버렸다.

3, 40리는 걸었으리라 생각될 무렵, 나는 한 언덕 아래에 쓰러지고 말았다. 그러나 두 병사가 뛰어내려 뭐라고 서로 외치더니 그중 젊은 쪽이 나를 가볍게 들어 안고 말을 탔다.

나는 어렸을 때 아버지에게 안기어 말을 타 본 적은 있지만, 시베리아의 눈 덮인 광야를 러시아 병사에게 안겨 말을 타고 지나는 느낌은 뭐라 표현할 수가 없었다.

한 손에는 말고삐를 한 손에는 나를! 그리고 4명의 중국인은 병든 노예처럼 뒤를 따른다. 마치 서부활극의 한 장면 같기도 했다.

말만 통했다면 그때 병사와 나는 아주 멋진 말들을 속삭였을지 모른다.

하지만 그는 때때로 나를 꽉 안으며 방긋 웃어보였고, 나는 그에 답하여 살짝 흘기는 눈짓을 보일 뿐이었다.

그것은 달콤한 시간이었다. 아! 십 수 년간 혼자 훌쩍거리며 깊어간 그 꿈이 이뤄진 아름다운 현실이기도 했다.

환락은 짧고 애상은 길다……

그 말 그대로 짧은 겨울날은 저물어 갔다.

"이별할 때가 왔소!"라고 말하는 듯 병사의 눈은 어두워져 갔다.

넓은 들도, 언덕도, 산도 모두 지났고 지금은 무성한 싸리나무 숲속으로 들어가고 있었다.

그곳은 소련과 만주의 국경에 가까운 곳으로 나는 그 국경에서 이 병사의 손에 의해 추방되는 거라는 걸 알았다.

얼마 동안 그 싸리나무 숲길을 가더니 병사는 이렇게 말했다.

"이 숲 동쪽에 강이 흐르고 있소. 그 강을 따라 내려가면 한 채의 조선 농가가 있소. 거기서 도움을 받으시오. 나도 뒤에 가겠소." 라고, 러시아어를 몇 마디밖에 모르는 내가 이것을 이해하기까지는 10분 이상이 걸렸다.

거기서 나는 말에서 내려져 혼자 우두커니 싸리 숲에 남겨지고 다른 사람들은 그대로 전진하여 가버렸다.

나는 기아와 추위에 떨며 잰걸음으로 마을을 향해 걸어갔다. 손과 얼굴은 싸리나무 가지에 긁혀 벗겨지고 피는 그대로 얼어붙었다.

공포! 아무것도 무섭지 않았다. 단지 동사에 대한 공포! 그것뿐이었다.

그때 어둠 사이로 하얗게 언 강이 보였다. 나는 그 언 강 위를 마구 달려갔다. 칠전팔기 정도가 아니라 수십 번을 넘어졌다.

갑자기 한 등불이 보였다! 그것은 바로 가까운 곳에 있었다. 그러나 밤의 등불! 그것은 요물처럼, 가까이 가면 저만큼 멀어지며 '이리 와, 이리 와' 하고 손짓을 했다.

무서운 것은 인간이다. 이 세상에 도대체 무엇이 인간보다 더 무섭다고 할 수 있을까?

나는 드디어 병사가 가르쳐준 농가에 당도할 수 있었다.

누가 이런 나를 잠자리라고 부를 수 있을까!

그 농가에서는 나를 진심으로 위로해주어 그제야 겨우 살았다는 느낌이 들었다.

몸과 얼굴은 꽁꽁 언데다 긁혀서 까지고 부딪혀 멍이 들어 꼭 문둥이 같았다.

밤은 무시무시한 북풍소리와 함께 깊어갔다.

나는 온몸이 아파 이리저리 뒤척이며 끙끙댈 뿐 자는 것은 생각할 수 없었다.

"또각또각"

바람소리 속에 말굽소리가 들려왔다.

'그 병사다!'

나는 직감적으로 알아채고 일어나 다리를 끌며 밖으로 나왔다.

"야!"

틀림없는 그 병사였다. 그는 말에서 내리자 내 어깨를 쓰다듬으며 몹시 기뻐해주었다.

그는 밀항자를 국외로 추방해야 하는 자신의 임무를 어긴 것이다.

그날 밤 병사는 농가 주인과 보드카를 마시며 재미있게 이야기를 나누고 나를 꼭 잘 부탁한다고 당부를 하고는 새벽에 떠나 버렸다.

나는 눈물을 흘리며 그에게 감사를 전하고 작별했다.

숲 저편으로 떠오르는 아침 해를 받으며 우물물을 긷고 달을 바라보며 들똥을 누고 그러는 사이에 한 달이 지나가버렸다.

농가 주인의 호의로 여권을 얻을 수 있었다. 나는 '쿠세레야 김'이라는 이름으로 다시 블라디보스토크로 들어갈 수 있었다.

배에서 내려 사람 물결에 휩쓸리며 도시 입구에 서자 양두마차(이것이 포장마차이리라)가 달려가는 것이 정말로 러시아다운 느낌이었다.

금야부지하처숙　평사만리절인연(今夜不知何處宿　平沙萬里絶人烟)[19]이라는 한시의 심경으로 하염없이 도시 입구에 서 있었다. 내지였다면 몇 번이나 불심검문을 받았을 텐데, 이곳의 순사는 전혀 개의치 않았다.

초라한 한 여자가 길가에 우두커니 슬픈 얼굴로 서 있어도 그들 눈에는 다만, 심각한 사상의 정적 속에 빠져 있는 것이겠지, 정도

---

19) 당나라 시인 잠삼의 한시의 한 구절. 오늘밤 어디서 잘지 알 수도 없는데, 광활한 만리 사막에 인연마저 끊겼구나.

밖에는 생각하지 않는 것 같았다.

계속 서 있던 내 쪽이 오히려 견딜 수 없어서 걷기 시작했다. 아무리 걸어 봐도 갈 곳은 없었다.

"아! 방랑!"

내 눈은 감상적인 눈물에 젖어 이 감상을 한 수의 시에라도 담고 싶었다. 정말로 나라는 여자애는 어떻게 할 수 없는 무서운 여자였다.

도대체 어찌할 셈이었던가? 지금 돌이켜보면 몸서리가 쳐진다.

말도 모르고, 아는 이라곤 강아지 한 마리 없는 타국의 거리에서 돈이라곤 종이에 싸서 가지고 있던 13원 61전뿐인데, 아아! 도대체 어찌할 셈이었을까!

— 『국민일보』(1939.4.23/4.30)

여행은 길동무

　-니키 히토리 씨! 저는 당신 뒤를 따라 지옥으로 가는 여행에 동반자가 되겠습니다.

　니키 히토리(仁木獨人) 씨!

　당신이 가신지 벌써 넉 달이 됩니다. 그리고 제가 이 병원에 누운 지 꼭 여섯 달! 그렇습니다. 저는 지금 그것을 분명히 셀 수가 있었습니다. 이것은 오늘밤이 당신의 흉보(凶報)를 접한 그날 밤처럼 아무 소리 없는 밤, 으스스할 정도로 정적에 싸인 밤이기 때문이겠지요. 정말로 이 병원은 오늘 밤 너무나 조용합니다. 늘 뭔가 시끄러운 소리가 끊이지 않는 병원이었는데, 복도에서 소곤거리는 간호사들 소리라든지, 삐걱삐걱 계단을 밟는 슬리퍼 소리 또는 옆 병실에서 들려오는 환자들 신음소리….

　이 정적 속에서 나는 조용히 당신 이름을 불러봅니다.

　"니키 히토리 씨!"

그러면 제 눈앞에 당신 얼굴이 뚜렷이 떠오릅니다. 불꽃처럼 빛나는 당신의 커다란 두 눈, 야무지고 강인한 얼굴 윤곽, 튼튼한 체구, 결의에 찬 표정…. 그리고 나는 이 생각 저 생각 당신 생각을 이어갑니다. 생각해보면 당신과 제가 알게 되어 깊은 마음의 이야기를 나누는 사이가 된 것은 모든 것이 이상해서 우연이라는 느낌을 지울 수 없습니다. 생각해 보세요. 당신처럼 바쁜 사람이 또 하필이면 왜 이 한반도에 여행을 할 마음이 생긴 것일까요? 그건 또 그렇다고 치고 당신이 이곳에 온 뒤에 바로 당신 옛 친구이자 제 지인인 K를 만난 것이 탈이었습니다. 아니요, 그것만이 아닙니다. K와 만나자 두 사람은, 조선에는 다른 명승지도 있는데 하필이면 신라 고도(古都)를 보겠다며 경주여행 길에 오른 것입니다. 두 사람이 경부선을 타고 마침 B역에서 경주행 기차로 바꾸어 타려할 때 당신과 K는 또 한 사람 친한 옛 벗과 뜻밖에도 해후를 한 것이었습니다. 그것도 완전히 우연히 말이죠. 그렇게 새로 나타난 그 친구가 바로 '저'였습니다.

"같이 경주에 가지 않겠소?"

라는 권유에 저는 앞뒤도 가리지 않고 승낙해버렸습니다. 왜냐하면 그때 저는 심리적으로 매우 큰 고민을 안고 있었기 때문입니다. 그때는 공교롭게도 제가 이혼을 한 후였습니다. 이혼! 정말로 그것은 중대한 문제임에 틀림없습니다. 그러나 저 개인에게는 그 이혼은 극히 평범한 일이었지요. 하늘로 던진 돌멩이가 다시 지면에 떨어지는 것은 시간문제일 뿐, 조만간 땅에 떨어지고 마는 것은 정한 이치니까요. 그것이 자연의 법칙인걸요, 제 결혼은 꼭 하늘을 향해 돌멩이를 던진 것과 같았습니다.

그러나 니키 씨! 그 자연스런 일을 제 주위의 사람들은 결코 단순하게 생각해주지 않았습니다. 아니요, 그들은 부자연스럽게도 위로 던진 돌멩이가 언제까지나 공중에 머무른 채 떨어지지 않기를 바랐습니다. 저의 고뇌는 거기에 있었습니다. 이혼을 불명예로 생각하는 가족들, 그것을 도덕적으로 비난하는 마을 사람들 속에서 저는 여러 날을 괴로워했습니다. 그 괴로움을 견디다 못해 저는 몰래 집을 뛰쳐나와 목적지도 없이 여행을 떠나려고 한 것입니다. B역에 와서 그런데 어디로 가지? 하고 생각하던 참에 뜻밖에 당신들을 만난 거라서 경주에 갑시다, 라고 권유하셨을 때에 단번에 승낙한 것입니다. 완전히 구원받은 느낌으로….

그때의 경주여행! 정말 즐겁고 유쾌했어요! 서로 옛날 회고담에 이야기꽃을 피우며 시간가는 줄도 몰랐지요. 그리고 당신은 그때부터 저에게 큰 빛이며, 큰 희망이 되었습니다. 왜냐하면 그때 저의 고민과 괴로움에 대해 당신은 큰 용기를 주고 삶에 대해 큰 신념을 주었기 때문입니다. 제가 자신의 고민 때문에 또 어머니 걱정 때문에 매일 울었다고 이야기를 하자 당신은 큰 소리로 웃었지요!

"저는 눈물 같은 것은 흘린 적이 없습니다. 무엇보다도 제 경우에는 울만큼 한가한 시간이 없지요. 저는 무의미한 생각으로 시간을 소비하지는 않습니다."

라고 하며 당신은 저를 고무하기 위해 다시 말을 이어나갔습니다.

"어쩌면 당신 생활은 너무나 한가한 것이 아닐까요? 당신을 커다란 생의 의욕으로 그 한가한 시간을 극복해야 합니다."

마침내 우리 일행은 경주에 도착해 저는 당신과 어깨를 나란히 하며 석굴암으로 향하는 언덕길을 걸어갔습니다. 그때 저는 당신 걸음걸이, 말하는 모습, 그 일거일동을 보며 정말로 강한 생의 의욕과 건설적인 큰 기백을 느꼈지요! 그렇게 약했던 제가 당신과의 하룻밤 여행을 통해 무언가 크고 새로운 것이 제 안에 되살아나는 것을 느낀 것입니다. 다음날 아침 당신과 식탁에서 마주 앉았을 때, 나는 지난 생활을 스스로 비평하고, 자신의 앞날에 대해 새로운 삶의 길을 발견한 것을 확실히 알 것 같은 느낌이 들었습니다.

"석굴암! 정말로 위대한 예술이군요. 우리도 뭔가 그런 위대한 것을 창조합시다. 그것도 옛것의 모방이 아니라 새로운 미래에 속하는 것을요."

라고 당신이 말하셨을 때, 저는 정말로 제 앞에 밝은 새벽 같은 것이 나타난 것을 느꼈고, 이대로 당신과 얼마동안 함께 있으면 저는 반드시 용감한 여자로 다시 태어날 거라 스스로 단정을 내릴 정도였습니다.

그러나 우리는 곧 헤어지고 말았습니다. 당신은 바쁜 몸이라 여유 있는 여정을 누릴 시간이 없었고, 저도 바로 어머니에게 돌아가야 했으니까요.

그러나 니키 씨, 두 번째의 우연이 우리를 다시 만나게 해 주었지요! 제가 상경할 때 당신이 경성에 있는 것은 알고 있었지만, 같은 여관에 투숙하게 되리라고는 꿈에도 생각지 못했습니다. 아침에 식당에서 뜻밖에 다시 만났을 때, 당신은 깜짝 놀라 눈이 휘둥그레질 정도였지요. 그러나 다음 순간 우리는 다시 만난 것을 얼마나 기뻐했던가요. 두 사람은 잠시 손을 마주 잡은 채 놓으려 하지 않았지요. 며칠간은 같은 여관에 있으면서 두 사람은 언제나 만났고, 그때마다 당신은 저를 격려하고 용기를 주었지요.

"서로 힘이 되어줍시다. 서로 마음의 괴로움을 호소하고, 기쁨을 함께 나누는 일생의 벗이 됩시다!"
라고 우리는 몇 번이나 맹세했습니다.

세 번째의 우연! 그것을 그로부터 한 달 뒤, 제가 다시 시골로 돌아올 때였습니다. 그 여관에서 헤어질 때, 내년 봄에는 또 만날 수 있을 거라고 약속하며 그때까지 건강을 회복해달라고 당신은 말했습니다.

이 세 번째의 해후는 한층 더 우연이라는 느낌을 떨쳐버릴 수가 없었습니다. 그때 당신을 개성과 평양을 보고 동쪽으로 상경 길에 오른 때라 같은 방향이 되었지요.

"정말로 자주 만나는 군요!"
하고 당신은 웃으면서 제 손을 꼭 잡아 주셨지요!

"이상한 우연이네요!"

하고 몇 번이나 만나는 일에 일종의 불길함마저 느낀 제가 우연이라는 말을 꺼내자, 당신은 바로 그것을 부정하며,

"우연이라는 것은 없습니다. 각자가 각각 자신이 밟아야 할 코스를 통과해 온 결과 그 코스가 교차하는 지점에서 만날 뿐 아니겠습니까? 그것을 만약 운명이라든가 우연이라고 한다면 그것도 상관없겠지요. 그 운명과 우연은 우리를 새로운 생활의 길로 데리고 가는 것이니까요."

그게 저는 얼마나 기쁜 마음으로 당신의 남자다운 모습을 올려보았는지 모릅니다!

이윽고 K역에 도착하여 마침내 작별할 때 당신은 악수를 하면서 말했습니다. "빨리 건강을 회복하는 겁니다. 앞으로 5개월쯤 지나 봄, 3월이 되면 또 올 테니 그동안 서로 연구도 하고 이해도 진전시켜 행복한 결론을 이야기합시다!" 행복한 결론! 저는 그때 당신이 한 말의 의미를 확실히 이해하지 못해 뭔가 일종의 초조함을 느껴 주저하고 있었지요. 그러자

"자, 어서 내려요. 우리는 일시적인 감정이 얽매이지 말고 더 원대한 이상을 갖고 전진해야 합니다!"

라고 말하며 다시 한 번 제 손을 꽉 잡아주는 것이었습니다. 단지

"예."

라고 간신히 악수를 했던 그때의 저.

그때부터 저는 당신을 생각할 때면 당신에게 편지를 쓰고 당신의 편지를 읽을 때면, 언제나 당신의 의지로 자신의 생활을 채찍질하며 용기를 얻어갔습니다. 그 덕택에 저의 지병이던 위병도 점점 좋아져서 이대로 가면 3월에는 완전히 건강해질 것 같은 마음도 들었습니다.

그러나 무슨 운명의 장난일까요! 2월 28일…. 이제 곧 3월인데, 우리가 만나 행복한 결론을 이야기할 그 3월이 바로 내일로 다가온 그 날, 저는 너무나 슬픈 소식을 접해야 했습니다.

니키 씨…. 제가 어떻게 당신의 죽음을 믿을 수 있었겠어요! 그렇게도 생에 대해 의욕이 넘쳤던 당신이, 강하게 살겠다고 한 당신이 이렇게 허무하게 죽다니, 도저히 생각할 수 없는 일입니다! 3월이 오면 결론을 이야기합시다! 라고 말한 그 결론을 말하지 않고 가버리다니! 설마 그 결론이란 당신의 죽음을 의미한 것은 아니었을 텐데요. 아니요, 그래도 좋아요. 그렇다면 저도 죽음 쪽으로 나의 결론을 가지고 가겠습니다! 왜냐하면 지금까지 차도를 보여 왔던 제 병이 당신의 부음을 접한 이래 급반전하여, 이제는 가망 없는 몸이 되어 이 병원의 어두운 한 구석에 누워 일어나지 못하는 몸이 되었으니까요.

저는 자신이 죽는 것을 확실히 의식하면서 자주, 내가 누워있는 입원실인 '13'이라는 숫자를 생각합니다. 언젠가 니키 씨의 깃에 붙어 있던 신협[20] 마크를 보면서 그 숫자가 안 좋다고 제가 말했더니 그때도 당신이 크게 웃었지요.

"단원들 모두 이 숫자를 싫어했지만, 저는 자진해서 이 숫자를 골랐습니다! 하하…"

그때의 기억이 생생하게 제 인상에 되살아납니다. 지금 제가 누워있는 입원실도 13이라는 숫자입니다. 저는 이 방에 들어온 날 이미 당신과 운명을 함께 하게 된 것입니다. 저도 이제 곧 갑니다. 곧 갑니다! 니키 씨!

어차피 당신은 천국에 갈 신문이 아니니 혼자서 지옥행 길을 쓸쓸히 황망히 가고 있을 게 틀림없습니다. 제가 곧 뒤따라갈게요. 여행은 길동무라고 하잖아요, 쓸쓸하고 먼 저승길을 둘이서 가면서 3월에 이야기하기로 했던 행복한 결론을 이야기하며 사이좋게 여행을 합시다.

—『국민신보』(1939.7.2)

---

20) 1934년에 결성된 극단으로 일본 프롤레타리아 연극동맹이 해체된 이후 결성되어, 좌익극장의 후신인 중앙극장의 대부분, 신기쿠치극단의 일부, 미술좌의 전원이 참가하였다.

백신애 작가 연보

1908년 5월 20일　경북 영천군 영천면 창구동 68번지에서 백내유와 이내동
　　　　　　　의 1남 1녀 둘째로 태어났다. 아명은 무잠(武簪), 호적명은
　　　　　　　무동(戊東)

1918년 11세까지　건강 문제로 학교에 다니지 못한 채 집에서 이모부 김씨를
　　　　　　　독선생으로 두고 한학을 배우며 영천 향교에도 나가다. 독
　　　　　　　선생 이모부는 얼금뱅이 반 곰보였다고 산문 「추성전문」
　　　　　　　에서 그 시절을 회상하고 있다.

1919년 5월 1일　영천 공립보통학교 2학년에 편입학. 이름은 무잠(武簪).

1920년 9월 1일　영천 공립보통학교에서 대구에 신명여학교(현 종로초등학교)
　　　　　　　로 전학하다. 학적부 이름 신애(信愛), 출생년도를 1907년으
　　　　　　　로 정정하다.

1921년 10월　　신명여학교 중퇴. 학적부는 중퇴 이유를 '건강'이라고 적
　　　　　　　고 있다.

1922년 12월 1일　술동(戌東)이란 이름으로 영천 공립보통학교 4학년에 입학
　　　　　　　한 것으로 학적부는 '비고'란에서만 기록하고 있는데, 실
　　　　　　　제로는 학교에 다니지 않은 유령학생이었을 것으로 보인
　　　　　　　다. 졸업사진에도 백신애는 보이지 않는다. 하지만 자인 공
　　　　　　　립보통학교에서 보관하고 있는 백신애 자필 이력서에는
　　　　　　　학적부와는 달리 1923년 3월 1일 입학, 3월 25일 졸업, 4월
　　　　　　　1일 경북 공립사범학교에 입학한 것으로 되어있다.

1923년 3월 18일 출생연도를 1906년으로 호적을 정정, 영천 공립보통학교 수업연한 4년 과정 졸업(학적부). 당시 남학생은 6년제였으나 여학생만 4년제였다. 경북도립 사범학교 강습과 입학 (학적부)였다. 호적을 정정한 이유는 사범학교에 입학하기 위한 연령 조건 때문이었다. 학적부를 보면 이미 아버지 백내유가 대구로 사업장을 옮겨 달성군 내당동에 '백내유 정미소'를 차렸던 것으로 보이고 영천에는 어머니와 올케 이정태, 백신애만 삼촌들과 살고 있었다.

1924년 경북 도립 사범학교 졸업과 동시에 영천 공립보통학교 교사가 되다. 백신애보다 나이가 많은 제자들의 회고에 의하면 가난해서 학교에 다니지 못하는 아이들 부모를 찾아가 학교에 보낼 것을 설득하는 열성이 대단한 교사였다고 한다. 이 무렵 조선 여성 동우회에 가입하여 영천에서 비밀리에 여성단체를 조직한다.

1925년 경산 자인 공립 보통학교로 전임하다. 12월 말경에 서울로 올라가 여성 동우회와 경성 여자 청년 동맹에서 활동을 하다.

1926년 1월 5일 조선 여성동우회와 문화소년회 연합 주최로 서울 청진동 회중교회에서 어머니와 소녀들을 대상으로 '가정생활 개선'을 주제로 강연하다. 이날 『신여성』 주간으로 있던 소파 방정환도 함께 강연을 했다. 1월 10일 조선여성동우회 간친회에서 감상담 발표 후 『시대일보』에 기사가 실리면서 여성단체 가입이 탄로나 학교에서 권고사직을 당하다. 2월 20일 천도회관에서 경성여자 청년동맹 1주년 기념식에 단독으로 집회 허가를 받아내고 대회를 성사시킨다. 3월 3일 제2회 정기총회를 통하여 경성여자청년동맹 집행

위원으로 선출되다. 7월 인천 병인청년회 주최 학술강연회에서 강연을 하게 되어 있었으나 연사가 요주의인물이란 이유로 금지되다. 8월 14일 시흥군 북면 노량진 청년회 주최로 '여성 해방과 경제조건'을 주제로 강연하다.

가을에 블라디보스토크로 떠나다. 원산에서 웅기를 거쳐 가는 2천 톤 급 상선 화물칸에 숨어 블라디보스토크에 도착하자마자 검거되어 게베우 극동본부 유치장에 감금됨. 한 달 후 추방되었다가 국경 농가에서 한 달을 머물면서 '쿠세레야 김'이란 여권을 구해 블라디보스토크로 가다, 시베리아 방랑 후 귀국 시기는 알 수가 없음.

백신애가 시베리아로 떠난 이유는 여성운동의 주도권 다툼으로 인간 갈등을 지켜보면서 조직에 대한 회의를 느꼈고, 또 오빠 백기호가 제2차 조선공산당 검거 때 구속된 상태에서 '전향'을 했을 것이란 추측이 가능해 보인다.

1927년 10월	오빠 백기호가 사임한 영천 청년동맹 교양부 위원으로 선임되다. 11월 7일 영천 청년동맹 주최 러시아 혁명 기념 강연회에서 강연, 11월 24일 경동선 연안에 산재한 각 신문 잡지 기자 조직인 경동기자동맹 제3회 경동기자대회를 조양각(서세루) 누상에서 개최했을 때, 서기로 지명되다.
1928년 1월	신간회 영천지회 정치문화 상무. 영천 청년동맹 회관에 차린 여자야학교사. 5월 근우회 영천지회 설립준비위원, 임시의장을 맡다. 6월 2일 근우회 영천지회 설립. 7월 영천청년동맹 벽(壁) 신문 편집 책임. 7월 근우회 임시 전국대회에서 집행위원으로 선출되다. 8월 경북 청년도여맹 여자부장. 8월 16일 경북 청도 신간회 주최로 '부인과 사회' 강연을 하기로 되어 있었으나, '상사 명령'이란 이유로 금지되다.

1929년	조선일보 신춘문예에 단편소설 「나의 어머니」(필명 박계화)가 1등 당선.
1030년 봄	가족이 경산군 안심면 용계리로 이사. 5월 일본 도쿄로 가다. 일본대학 예술과에 적을 두고 문학과 연극을 공부했다고 하나 기록을 찾을 수 없는 것으로 보아 청강생이었을 것으로 추측된다. 체호프 작품 「개」를 무대에 올린 연극에서 주인공으로 열연했으나 호응이 좋지 않자 연극을 그만두다.
1930년 5월·11월	일본키네마 제2회 작품 『모던 마담』에 영화배우로 출연.
1931년	아버지가 대구 달성로에 견직물 공장과 달성공원 앞에 삼화(三和) 제면공장을 세움. 집안에서 학비 지원이 중단되어 봄에 귀국했으나 결혼 강요로 다시 일본으로 도피하다. 식모, 세탁부 같은 일을 하면서 일본 생활을 견디면서 삼월회, 근우회 동경지회에 관여하다.
1932년 가을	귀국. 이근채와 결혼
1933년 3월 17일	대구 공회당에서 이근채와 현대식으로 결혼식을 올리다.
1934년	단편 「꺼래이」를 『신여성』 1월호와 2, 3월 합본호에 발표하면서 본격적인 작품 활동을 시작하다. 『신여성』 6월호에 생전에 쓴 단 한 편의 시 「붉은 신호등」을 발표하다. 『오사카매일신문』 조선어판에 산문 「인텔리 여성의 집」을 발표하다.
1935년	『소년중앙』 4-7월호까지 장편 소년소설 「푸른 하눌」을 연재하다. 12월 아버지 백내유 규슈(九州) 대학병원에서 사망. 규슈로 가다.
1936년 1월	『삼천리』 주최 여류 작가좌담회에 참석했으나 발언을 거의 하지 않았고, 박화성과 두 사람은 기념 촬영도 하지 않

았다. 7월 『오사카매일신문』 조선어판 '반도여류작가집'에 「악부자」가 번역 소개되었다. 10월 9일 「꺼래이」를 개작하다(『현대 조선 여류문학선집』에 실린 「꺼래이」 말미에 기록). 12월 반야월 괴전 마을 과수원에 새 집을 지어 이사하고 손수 농사를 짓다.

1937년 4월 대구에서 동인지 『문원(文園)』 창간호가 발간되는데 현존하지 않아 백신애도 여기에 참여했는지는 알 수 없으나, 5월에 펴낸 2집에 산문 「초화」를 발표한다. 동인은 신삼수, 이윤기, 정명선, 김학준, 함성운, 손원도, 최병문 등 대구의 문학청년들이었다.

1938년 1-2월 「적빈」을 개작하다. 5월 남편과 별거, 친정으로 돌아오다. 9월 25일 만성위장병으로 입원했던 병원에서 퇴원 후 오빠 백기호를 찾기 위해 중국 청도로 갔다가 10월 15일 경 상하이로 향하다. 10월 『조선문학 독본(조선일보 출판부)』 「종달새 곡보」가 수록되다. 11월 상하이에서 오빠와 소설가 강노향을 만나 한 달 정도 머물다가 15일 경에 귀국하다.

1939년 1월 1월 「채색교」를 개작하고, 「식인」을 「호도」로 개작하다. 일본 도쿄로 돌아갈 계획을 세웠으나 떠나지 못하고 집에서 위병을 치료하다. 일본으로 갈 계획에는 위병 치료였거나 아니면 니키 히토리를 만나기 위한 것으로 추정이 된다. 3월 노천명 시인 집에서 기거하며 치료를 받는 중에 백석, 백철을 만나 교류하다. 5월 오빠 백기호가 학교에 다니는 두 딸과 백신애가 함께 기거하도록 서울에 거처를 구해 노천명 시인의 집에서 나오다. 5월 말경에 위장병 악화로 경성제국대학병원 13실호에 입원했으나 병은 극도로 악화되어 갔다. 약 먹는 것을 거부하며 몇 차례나 자살을 시도했으나 오빠 백기호 때문에 실패. 이때 백석과 백철이 자주 문병을 갔고, 소설가 이석훈을 비롯한 몇몇 문인들도 다녀 갔다. 6월 23일 오후 5시 경성제국대학병원에서 췌장암으로 사망. 당일 화장을 하고 서울 어느 절에서 하룻밤을 묵은 뒤 경북 칠곡군 동명면 금암리 산 40번지 중산골에 있는 친정 가족묘지에 안장했으나 1970년대 초 집안에 계속되는 불행의 원인(백기호 사망, 백기호 아들 한근 사망, 두 딸 월북 등)으로 가족 묘지에 출가외인이 안장되어 있기 때문이라는 풍수와 점쟁이 말 때문에 파묘되었다. 병원 침대에서 발견된 소설 「아름다운 노을」과 산문 「여행은 길동무」를 백철이 보관하면서 작품집을 발간하기로 오빠 백기호와 상의하다. 7월 2일 백철이 『국민신보』에 「여행은 길동무」를 일본어로 번역해서 발표하다. 유고 작품이 11월에서 1940년 2월까지 『여성』에 4회 연재되었다.

1951년 5월 22일   대구 미국공보원에서 죽순시인구락부 주최하고 시내 각 일간신문사 백신애 추모회가 열리다. 추모식은 효성여자대학교 학생이 김소월의 「초혼」을 낭송하는 것으로 시작되어 구상 시인의 개회사, 이점희의 추모가, 소설가 장덕조가 '그의 작품과 인간'을, 백기만 시인이 '고(故) 백여사의 인상'을, 유치환 시인이 '죽음에 대한 소고'를 이삼근이 '백신애의 성격'을 발언하는 순서로 진행된다. 이설주 시인이 「금잠」 낭독, 박귀송, 김경득, 신삼수(『문원』 발행인)가 추도사, 수필가 전숙희가 「초화」를 낭독하고 사촌여동생 백복잠과 올케 허필숙 등 유가족 인사 순으로 추모식은 진행되었다.

작품 목록

작품명	발표지	발표연도	비고
「나의 어머니」	『조선일보』	1929.1.1-6	
「꺼래이」	『신여성』	1934.1-2	개작:『현대조선여류문학선집』 1937
「도취삼매(陶醉三昧)」	『중앙』	1934.2	
「백합(百合) 화단(花壇)」	『중앙』	1934.4	
「복선이」	『신가정』	1934.5	
「춘기(春飢)」	『신여성』	1934.5	
「붉은 신호등」	『신여성』	1934.6	시
「연당(蓮塘)」	『신여성』	1934.7	
「인텔리 여성의 집」	『오사카매일신문』	1934.7.4-6	일본어 산문
「채색교」	『신조선』	1934.10	개작:『여류단편걸작집』 1939
「제목 없는 이야기」	『신가정』	1934.10	
「추성전문(秋聲前聞)」	『중앙』	1934.10	
「적빈(赤貧)」	『개벽』	1934.11	개작:『현대조선문학전집』 1938
「낙오」	『중앙』	1934.12	
「멀리 간 동무」	『소년중앙』	1935.1	소년소설
「사명에 각성한 후」	『신가정』	1935.2	
「무상(無常)의 낙(樂)」	『삼천리』	1935.3	
「푸른 하눌」	『소년중앙』	1935.4-7	소년소설
「종달새」	『신가정』	1935.5	
「상금 삼원야(三圓也)」	『동아일보』	1935.7.31.-8.1	콩트
「슈-크림」	『삼천리』	1935.7	
「악부자」	『신조선』	1935.8	
「의혹의 흑모(黑眸)」	『중앙』	1935.8	장편 1회
「납량(納凉) 이제(二題)」	『조선문단』	1935.8	
「정거장 사제(四題)」	『삼천리』	1935.10	
「정현수(鄭賢洙)」	『조선문단』	1935.12	
「학사(學士)」	『삼천리』	1936.1	

작품명	발표지	발표연도	비고
「여성단체의 필요」	『조선중앙일보』	1936.1.24/28	
「매화」	『중앙』	1936.1	
「백조」	『조선일보』	1936.3.5-7	
「철없는 사회자」	『중앙』	1936.4	
「울음」	『중앙』	1936.4	
「식인(食因)」	『비판』	1936.7	「호도(糊塗)」로 개작. 『여류단편걸작집』 1939
「정조원(貞操怨)」	『삼천리』	1936.8/1937.1	중편 소설.
「어느 전원의 풍경」	『영화조선』	1936.11	
「춘맹(春萌)」	『조광』	1937.4	
「자수(刺繡)」	『현대조선여류문학선집』	1937.4	
「초화(草花)」	『문원』 2집	1937.4	
「금계납(金鷄納)」	『여성』	1937.5	
「종달새 곡보(曲譜)」	『여성』	1937.6	개작.『조선문학독본』 1938
「녹음하(綠陰下)」	『조광』	1937.6	
「가지 말게」	『백광』	1937.6	콩트
「동화사(桐華寺)」	『조광』	1937.6	
「손대지 않고 능금따기」	『소년』	1937.8	
「사섭(私囁)」	『조광』	1937.8	
「촌민들」	『여성』	1937.9	
「눈 오든 밤의 춘희(椿姬)」	『여성』	1937.9	
「광인 수기」	『조선일보』	1938.1	
「소독부(小毒婦)」	『조광』	1938.6.25-7.7	
「일여인(一女人)」	『사해공론』	1938.9	
「이럴 데가 또 있습니까」	『여성』	1938.9	
「자서소전(自敍小傳)」	『여류 단편 걸작집』	1939.1	
「어느 유언 초(抄)」	『매일신보』	1939.3.26.	
「봄햇살을 맞으며」	『국민신보』	1939.4.9	일본어 산문
「나의 시베리아 방랑기」	『국민신보』	1939.4.23/30	일본어 산문
「혼명(混冥)에서」	『조광』	1939.5	
「청도기행」	『여성』	1939.5	
「여행은 길동무」	『국민신보』	1939.7.2	일본어 산문. 유고작.
「아름다운 노을」	『여성』	1939.11-1940.2	중편소설. 유고작.

이시카와 다쓰조의 작품에 나타난 조선인 여성 표상

― 소설 「봉청화」를 중심으로

1. 서론

본고는 일본인 작가 이시카와 다쓰조(石川達三)[1]의 소설 「봉청화」를 대상으로 여주인공 '봉청화의 표상을 통해 일본인 남성과 조선인 여성과의 연애가 어떻게 그려지고 있는지를 구체적으로 검토하고자 한다.

소설 「봉청화」는 1938년 1월 잡지 『분게이(文藝)』에 발표된 작품으로, 일본인 남성 '나'라는 인물이 우연히 만난 조선인 여성 '봉청

---

1) 일본의 소설가(1905-1985). 시사적인 문제나 사회풍조를 그려낸 작품이 많고, 브라질 이민의 일원으로 도항한 체험을 쓴 소설 『창맹(蒼氓)』을 써서 1935년 제1회 아쿠타가와 문학상을 수상한다. 그 외에도 중일전쟁에 종군한 견문에 의한 『살아있는 군인(生きてゐる兵隊)』, 『인간의 벽(人間の壁)』 등의 작품이 있다.

화'와의 연애 관계에 대해 회고적으로 기술한 이야기이다. 「봉청화」
는 일본인 작가가 그려낸 일본인 남성과 조선인 여성의 조합으로
그려낸 이른바 '내선연애' 문학이라는 점에서도 주목할 만하며,[2]
특히 일본 근대문학자 이시카와 다쓰조와 조선의 여류문학자 백신
애를 모델로 창작되었다는 점에서도 실제의 내선연애를 소재로 취
한 작품이라고 할 수 있다.[3]

'내선결혼(연애)'에 관한 기존의 연구는 2000년대 후반 이후 활기
를 띠게 되는데, 다음과 같은 두 가지 방향으로 대별된다고 보인다.

---

2) 조진기는 내선결혼을 문제로 하는 경우에 내지인 남자(남편)/조선인 여자(아내)의
경우와, 조선인 남자(남편)/내지인 여자(아내)의 경우가 각각 상이한 양상을 보여준
다고 언급하며, 실제 작품에서 내선 결혼이 실패하는 경우 <내지 남자/ 조선인 여
자>를 다룬 작품이 없다고 지적하고 있다. 「내선일체의 실천과 내선결혼소설」, 『한
민족어문학』 50, 2007, pp.442-443. 하지만 본고에서 다루는 「봉청화」는 조진기가
지적한 내지 남자와 조선인 여자의 조합에 해당되며, 특히 한국인에 의해 창작된
내선 결혼(연애) 문학의 경우, 대부분이 <조선인 남자/일본인 여자>의 조합이라는
점에서 「봉청화」의 특수한 위상을 상정할 수 있다.

3) 실제로 백신애는 1927년 4-6개월간 시베리아 방랑생활을 하고 있으며, 두만강 국
경에서 왜경에 잡혀 혹독한 고문을 받고 요양 후 퇴원한 것으로 알려져 있으며, 이
시기의 경험으로 바탕으로 한 소설 『꺼래이』(『신여성』, 1934.1-2)를 발표하였다.
「백신애 연보」(이중기 편 『백신애선집』, 현대문학, 2009)에 따르면 백신애가 일본
에 체류했던 시기는 1930년 5월 도일하여 일본대학 예술과에 적을 두고 문학과 연
극을 공부하였다고 하지만, 입증할 수 있는 자료는 존재하지 않는다. 1931년 경제
적 지원이 끊어져 봄에 귀국한다. 부모의 결혼 강요로 재차 도일하지만 1932년 귀
국하여 이듬해 봄에 결혼한다. 소설 「봉청화」의 '봉청화'에 대한 기술은 실제 백신
애의 행보와 흡사하며, 봉청화가 귀국 후 '나'에게 보낸 편지의 주소지가 경상북도
로 나오는데 백신애의 고향이 경북 영천이라는 점에서도 이시카와 다쓰조가 백신
애와 친밀한 관계였다는 점을 추정하게 한다. 백신애를 모델로 쓴 또 다른 소설
「사격하는 여자」가 1931년 8월에 발표되었다는 점을 고려하면, 1930년 도일 이후
이시카와 다쓰조와 교류가 있었을 것으로 판단됨.

하나는 '내선융화'를 넘어선 '내선일체'의 실천적 과제로서 추진된 총독부 시책으로서 '내선결혼'을 연구하는 방향과, 이러한 일제의 민족동화정책을 문학으로 구현한 국책문학으로서 주로 일제 말기에 창작된 소설작품을 '친일문학'의 범주로 분석을 시도하는 방향으로 나누어 볼 수 있다.

이러한 연구들은 최근에 이르기까지 상당한 축적을 보이고 있는데,[4] 와타나베는 "식민지 시기동안 동화주의를 시정방침으로 표방하였던 일제의 조선 식민통치의 내실과 피식민사회로의 조선사회의 양상을 부분적으로나마 해명하는데 목적을 두었다."고 밝히고 있으며,[5] 이상경은 "1937년 이후 일본인과 조선인 사이의 연애와 결혼을 소재로 한 소설작품을 대상으로 '내선결혼'이라는 구호와

---

4) 내선 결혼(연애)와 관련된 비교적 최근의 선행연구를 소개하면 다음과 같다. 이상경 「일제말기 소설에 나타난 '내선결혼'의 층위-이광수와 한설야의 작품을 중심으로-」 김재용 편 『친일문학의 내적논리』 역락, 2003, 심진경 「식민/탈식민의 상상력과 연애소설의 성정치」, 『민족문학사연구』 28집, 2005, 김미영 「일제강점기 내선연애(결혼) 소설에 나타난 일본 여성에 관한 표상 연구」, 『우리말글』 41, 2007, 조윤정 「내선결혼 소설에 나타난 사상과 욕망의 간극」, 『한국현대문학연구』 27, 2009, 최주한 「내선결혼소설의 낭만적 형식과 식민지적 무의식-일본어 장편소설 『녹색탑』과 『녹기연맹』을 중심으로」, 『어문연구』 38-4, 2010, 곽은희 「낭만적 사랑과 프로파간다」, 『인문과학연구』 36, 2011, 오태영 「내선일체의 균열과 김성민의 『녹기연맹』을 중심으로」, 『상허학보』 31, 2011, 와타나베 아쓰요 「일제하 조선에서의 내선결혼의 정책적 전개와 실태-1910-20년대를 중심으로」, 서울대학교 국제대학원 석사학위논문, 오오야 치히로 「잡지 『내선일체』에 나타난 내선결혼의 양상연구」, 연세대학교 석사학위논문, 2006 등.

5) 와타나베 아쓰요 「일제하 조선에서의 내선결혼의 정책적 전개와 실태-1910-20년대를 중심으로」, 서울대학교 국제대학원 석사학위논문, p.24.

정책이 지닌 함의와 그것에 대한 식민지 조선인들의 대응을 밝히
는 것을 목적으로 한다."고 기술하고 있는 것이 그 대표적인 예라
할 수 있다.[6]

하지만 한국에서의 선행연구는 이광수, 한설야, 이효석 등 몇몇
한국인 문학자들에 의한 국책문학에 편중되는 경향을 볼 수 있으
며,[7] 식민정책으로서의 '내선결혼(연애)' 문학뿐만 아니라 이주/이민
문학으로서 식민 초기부터 창작되었던 일본인과 조선인의 연애나
결혼을 다룬 문학들이 폭넓게 연구되고 있다고는 보기 어렵다.[8]
일본인과 조선인의 이른바 '내선결혼(연애)'라는 주제는 일제 말기
뿐만 아니라 메이지 시대 이래로 꾸준히 문학작품에서 다루어져
왔고, 각각의 시대를 반영한 시류적인 문학 테마로서 다양하게 변
주되어 왔다고 보이기 때문이다.[9]

---

6) 이상경 「일제말기 소설에 나타난 '내선결혼'의 층위-이광수와 한설야의 작품을 중
   심으로-」, 김재용 편 『친일문학의 내적논리』 역락, 2003, p.156.
7) 이광수 「진정 마음이 만나서야말로」, 『녹기』, 1940.3-7, 「소녀의 고백」, 『신태양』,
   1944.10, 최정희 「환영속의 병사」, 『국민총력』, 1941.2, 최재서 「민족의 결혼」, 『국
   민문학』, 1945.1-2, 정인택 「껍질」, 『녹기』, 1942.1, 한설야 「피」, 『국민문학』,
   1942.1, 「그림자」, 『국민문학』, 1942.12, 채만식 「치숙」, 「냉동어」, 『인문평론』,
   1940.4-5, 염상섭 「남충서」, 『동광』, 1927.1-2 등등.
8) 일본과 한국의 내선결혼(연애)에 대한 통시적이고 포괄적인 연구로는 남부진의 일
   련의 작업을 들 수 있다. 남부진은 「『內鮮結婚』の文學」『近代文學の<朝鮮>体験』勉誠
   出版, 2001, 「『內鮮結婚』の文學―張赫宙の日本語作品を中心に」『人文論集』55(1), 2004,
   「日本女性と日本語に向かう欲望―金聖珉の日本語小說を軸にして―」『人文論集』 55(2),
   2005 등에서 내선결혼(연애)에 대한 선구적인 연구를 행하였지만, 개별적이고 구체
   적인 작품분석에까지는 이르지 못하고 있다. 「봉청화」에 대해서도 개요소개 및 부
   분적인 검토에 그치고 있다.

또한, '내선결혼(연애)'에 관한 문학작품을 총체적으로 파악하기 위해서는 한국 내의 식민지 시기의 한국어소설뿐만 아니라, 일본어 문학, 그리고 일본인 문학자들에 의해 창작된 일본어문학, 더 나아가 재조 일본인에 의한 '내선결혼(연애)' 문학까지 포함시켜 이를 비교 고찰하는 작업을 통해 내선결혼(연애) 문학이 갖는 다양한 의미망을 해독할 수 있을 것으로 판단된다. 본고의 시도는 기존의 논의에 포함되지 않았던 일본인 작가에 의한 소설을 분석함으로써 내선 연애 연구의 대상을 넓히는데 의의를 갖는다고 할 수 있다.

본고는 일본인 작가 이시카와 다쓰조의 시선으로 그려낸 소설 「봉청화」의 여주인공 '봉청화'의 표상을 구체적으로 분석함으로써, 일본인과 조선인의 '연애'가 어떻게 파탄에 이르게 되는지 고찰해보고, 이를 통해 '내선결혼(연애)' 문학을 새롭게 조망해보고자 한다.

2. 식민지 남성 '나'에 의한 조선인 여성 '봉청화'의 표상

이시카와 다쓰조의 「봉청화」는 일본인 남성인 '나'와 조선인 여

---

9) 내선결혼(연애)는 메이지 시대에는 지배와 피지배에 의한 남녀표상으로서, 다이쇼 시대에는 프롤레타리아문학의 동지애적 존재로서, 쇼와 시대에는 식민지의 정책적 측면, 특히 만주사변 이후의 내선일체라는 국책풍조에 의해 내선결혼이 대중적 문학의 주제로 그려졌다. 남부진, 상게 논문, p.44.

성 '봉청화'의 연애관계에 대한 소설이다. 작품 안에서 두 사람의 만남에서 관계의 파탄에 이르는 일련의 과정은 '나'의 시선으로 일관되게 기술되고 있다. 여기서 특기할만한 점은 두 사람의 관계에서 '봉청화'가 다름 아닌 '조선'의 여성이라는 점이 중요하게 작용되고 있으며, 소설 내용의 전개에도 깊숙이 관련되고 있다는 것이다.

봉청화는 조선 아가씨였다. 새빨간 루주를 칠한 그녀의 입술에서는 독약 같은 마늘 냄새가 났다. 나는 그녀의 기교 많은 화장을 좋아하지 않았지만, 이전에 영화배우를 했다는 경력의 흔적이 여기에 나타나고 있다고 생각하면 되려 짙은 화장의 그늘에 그녀의 외로움이 숨어있는 거라고 생각되었다. 그녀는 늘 마쓰우라 유리라는 일본이름을 사용하고 있었지만, 어설픈 말투는 숨길 수 없었다. 나는 종종 그것을 도호쿠 지방 사투리라고 잘못 여기고, 유리 씨는 도호쿠(東北) 출신이시죠, 라고 물어보았다. 그러자 그녀는 블라디보스토크 출신이라고 하며 나를 놀라게 하였다. (…) "그럼 당신의 아버지나 어머니가 도호쿠인 건가" 그녀는 가만히 창백한 눈을 들어 나를 바라보았다. 왜 그런 기분이 들었는지 모르지만, 그때 그녀는 확실히 출신지를 말해버려야겠다는 기분이 들었던 것이다. 그리고 핸드백 안에서 종이쪽지와 연필을 꺼내고는, 잠시 주저하고서 한번에 썼다. 조,선,인! 다 쓰자 그 종이 위에 눈물을 뚝뚝 흘리고, 그녀는 흐느껴 울었다. 분명히 나는 큰일이라고 생각했다. 그렇지만 그와 동시에 울면서 그것을 쓴 그녀의 비통한 마음에 큰 놀라움과 동정을 느꼈다. 나는 거칠게 그 종이쪽지를 빼앗아 내 주머니에 쑤셔 넣고, 돈을 치르고 가게를 나왔다.

주인공 '나'는 우연히 전철역에서 한 조선인 여성을 만나게 되는데, 처음 그녀는 마쓰우라 유리(松浦百合)라는 일본이름을 사용하며 자신이 블라디보스토크 출신이라고 주장한다. 하지만 어설픈 그녀의 일본어 발음으로 인해 도호쿠(東北) 지방 출신인지를 '나'에게 추궁 당하게 되자, 조선인임을 떳떳이 밝히지 못하고 대신 종이에 '조! 선! 인!'이라고 써서 조선인임을 털어놓고는 흐느껴 울게 된다.

이에 '나'는 조선인이라는 출신을 드러내지 못하는 그녀의 가엾은 처지를 '동정'하게 되고, 그녀뿐만이 아니라 조선 및 조선인에 대해서도 우호적인 태도를 보이게 된다. '나'는 "당신이 어디의 누구든 결코 구별하지 않겠다."라고 봉청화에게 말하지만, 동시에 일본인/조선인의 구별을 넘어서는 것에 대해 두려움을 느끼고 있다. 한편 봉청화는 일본인인 '나'와의 관계에 '반항심'을 보이며 적대감을 감추지 않는다.

'나'와 '봉청화' 두 사람의 관계에서 '봉청화'가 조선인이라는 점은 관계가 변화하는데 적지 않은 영향을 미치게 된다. 자신이 '조선인'임을 어렵게 밝히고 난 뒤 '봉청화'는 "당신은 일본인이라서 싫어요."라며 내지인에 대한 경계와 '뿌리 깊은 반항심'과 같은 적

대적 감정을 드러내고, '나'와 친밀한 관계가 되는 것을 거부한다.

한편 평소 연애나 결혼 자체에 회의적이었던 '나'에게 이국적인 존재인 '봉청화'는 호기심의 대상으로서 매력적으로 비춰지게 된다. 두 사람의 관계에서 '사고방식'이나 '감정', '생활방식'의 차이 등은, '생활상의 전혀 다른 습관'과 같은 문화적 요인으로 인해 두 사람 관계의 장애물로 작용하게 되지만, '나'에게 이해될 수 없는, 이해하기 어려운 존재인 봉청화의 거침없는 도발적인 태도와 발언들은 그녀가 '나'를 밀어내면 낼수록 점점 더 그녀에게 빠져들게 하였다. 이윽고 그녀에게 호감을 느끼게 된 '나'는 '봉청화'에게 일본인/조선인 즉 식민자/피식민자라는 이분법적 관계 자체를 부정하는 듯한 모습을 보여준다.

> 나는 모자챙을 내리고 그녀와 나란히 걸으면서, 지금까지 일본인은 ×××을 부당하게 ×××해왔다고 한다, 그러나 나는 다르다. 당신이 어디 사람이더라도, 나는 그녀를 위해 전 일본인의 반성을 촉구하고 싶은 분노를 느끼면서, 게다가 나 자신은 주저하며 머뭇거리는 기분에 바르르 떨고 있었다.

위의 인용문에서 흥미로운 점은 '나'는 '봉청화'에게 "지금까지 일본인은 ×××을 부당하게 ××해 왔다고 한다."라고 발언하고, "하지만 나는 다르다."라고 언급하는 부분이다. 인용문에서 복자 伏字로

처리된 곳은 짐작컨대 '조선인'과 '침략'과 같은 표현으로 유추할 수 있으며, '나'는 그녀의 출신이 어디든 간에 봉청화를 위해 일본의 조선 침략의 부당함을 지적하고 "전 일본인의 반성을 촉구하고 싶다."라는 '분노'를 '봉청화'에게 표출하게 된다. 하지만 이와 같은 '나'의 봉청화를 옹호하는 표면적인 태도와는 달리, 내면에서는 '주저'하고 망설이는 마음을 동시에 느끼고 있다는 점을 엿볼 수 있다.

봉청화는 그 출신지를 말하고 나서 도리어 편한 마음으로 나를 대하게 되었다. (…) "내 몸은 결코 누구도 만질 수 없어요. 당신이 폭력을 쓰면 나는 질 거예요. 그렇지만 그런 뒤에 언제까지나 살아서 평생 저주할 것예요." (…) 그것은 내지인에 대한 뿌리 깊은 반항심을 지키려고 하는 태도였다. 그녀는 모든 내지인을 믿지 않았다. 그리고 그녀는 나와의 친밀한 관계에 끊임없이 스스로 반항했다. "당신은 일본인이니까 싫어요." "그렇게 말하는 것도 당연한지도 모르지."라고 나는 조심스러운 기분이 들었다. "그러나 당신의 그런 생각은 결코 당신 자신을 행복하게 해주지 않을 것같군." "그래요. 잘 알고 있어요. 나 불행해도 좋아요." 그 강고한 성벽 밖으로 쫓겨나 어찌할 수 없이 수수방관하며, 그리고 나는 점차 이 여자에게 매료되어 갔다.

작품속의 봉청화는 남자에 대한 증오심과 일본인에 대한 증오심

을 갖고 있으며, 특히 일본인에 대한 '뿌리 깊은 반항심'을 내보이
는 등 호의를 보이는 '나'에 대해서도 끊임없이 밀어내는 태도를
보이지만, 작중의 '나'는 봉청화에 대해 밀어내면 낼수록 매료되어
가게 된다. 다시 말해 '나'라는 인물은 조선인 봉청화에 대해 느끼
는 '동정'과 자신을 신뢰하지 않으며 자신과의 '친밀한 관계' 자체
를 거부하는 그녀에게 빠져들게 되었다는 것이다. 다음 절에서는
일본인 남성'나'의 조선인 여성 봉청화에 대한 시선을 보다 구체적
으로 검토함으로써, 내선연애의 성립과 파탄의 과정을 면밀히 고찰
하고자 한다.

3. 이중으로 타자화된 '봉청화'에 대한 시선

소설 「봉청화」에서 일본인 남성 '나'의 조선인 여성 봉청화에 대
한 시선에는 '조선', '조선인'으로서 타자화된 시선을 볼 수 있다.
'봉청화'에 대한 기술은 매우 전형적인 조선 표상이 사용되고 있는
데, 예를 들면 소설 모두부분에서 "그녀의 입술에서는 독약과 비슷
한 마늘냄새가 났다 "라고 묘사되고 있다. 이와 같은 조선인 표상
은 다른 내선결혼(연애)를 다룬 문학에서도 볼 수 있다. 이효석의 소
설 「엉겅퀴의 장(薊の章)」(『국민문학』, 1941.11)은 조선인 남성 현과 일본인

여성 아사미의 관계에 관한 이야기인데, "현은 가끔 몸에 이상이 생기면 향토요리가 먹고 싶었고, 그때마다 역한 냄새를 지니고 돌아왔다. 그것이 아사미에게 혐오감을 불러일으킨다는 것을 알고는 있었지만 좋아하는 것이라 어쩔 수 없었다."라는 장면이 묘사되고 있다.10) 여기서도 '마늘'은 조선인을 상징하는 전형적인 소재로서 등장하고 있으며, 두 사람의 관계에서 갈등의 요소로 작용하고 있다는 점을 알 수 있다.

또한 이 소설의 제목이기도 한 '봉청화(鳳靑華)'는 작품에 등장하는 조선인 여성의 이름이자, 그 자체가 조선을 연상시키는 것으로서 매우 상징적인 의미를 갖고 있다고 생각된다. 즉 '봉청화'는 '봉숭아'를 지칭하는 '봉선화(鳳仙花)'와 '호세이카(ほうせいか)', '호센카(ほうせんか)'로 일본어 발음이 유사할 뿐만 아니라, '봉청화'의 '화(華)'가 일본어로 '하나(花)'로 읽힌다는 점을 고려할 때 조선을 연상시키는 작명(naming)이라고 판단된다.11) 봉선화는 다분히 조선의 민족적 정서가 내포되어 있는 꽃으로, 예로부터 그 꽃잎으로 처녀들이 손톱을 물들였으므로 친숙한 꽃으로 여성의 이미지를 갖고 있으며, 많

---

10) 이효석 「엉겅퀴의 장」, 김남극 편, 송태욱 역 『이효석 일본어 작품집 은빛송어』(해토출판사, 2005), p.110.

11) 장혁주의 소설 「편력의 조서(遍歷の調書)」(신초출판사, 1958)는 실제의 이시카와 다쓰조와 백신애를 등장시키고 있는 「봉청화」의 메타텍스트이다. 「편력의 조서」에는 이시카와 다쓰조를 연상케 하는 이가와 다쓰조(伊川辰三)가 발표한 백신애를 묘사한 소설의 이름이 「봉선화(鳳仙花)」로 소개되고 있다.

은 문학작품과 노래를 통해 당시에 널리 알려졌기 때문에 '봉청화'라는 조선여성의 이름은 일본인 남성에게 그 자체로 '조선'이라는 타자를 의식하게 하는 이름이었을 것으로 추정된다.12)

게다가 '나'의 봉청화에 대한 시선에는 '조선인'이라는 이국적 존재에 대한 호기심과 동정심에 이어서, '뱀파이어'라는 비유를 통해 단적으로 드러나듯이 극도로 타자화된 존재로 바라보고 있다는 사실이 봉청화의 과거에 대한 기술을 통해 상세히 묘사되고 있다.

봉청화는 '나'에게 블라디보스토크에서 있었던 자신의 과거에 대해 털어놓는다. 그녀는 '(좌익?)운동'에 같이 참여했던 '박'이라는 조선인 남성에게 감금당해, 총으로 위협받아 강간을 당하게 되고, 결국 원치 않는 임신으로 이어져 강제적으로 입원을 하게 되었다고 토로한다. 그곳에서 낙태를 강요당하고 본국으로 송환당하게 된 그녀는 자신을 괴롭힌 남자를 저주하여 지금까지 '세 명'의 남자를 죽음에 이르게 했다고 한다.13)

'나'에게 들려준 봉청화의 과거는 부모의 결혼 강제로 인해 조선

---

12) 봉선화는 문학작품의 제목으로도 자주 사용되어, 조선시대 작자미상의 「봉선화」, 1913년 이해조의 신소설 「봉선화」 등이 있으며, 특히 1920년 홍난파 작곡, 김형준 가사의 「봉선화」는 창작되자마자 삽시간에 널리 불렸으며, 식민지 시대의 민중들에게 보급되었다고 한다. 김창욱 『홍난파 음악연구』(동아대학교 박사학위논문, 2004), pp.35-36.

13) 이와 같은 블라디보스토크에서의 사건은 난폭한 가부장적인 아버지에 대한 증오와 더불어, 한국인 남성에 대한 증오로 이어져 봉청화가 일본인 남성을 만나게 된 요인으로 작용하지 않았을까 생각된다.

에서 일본으로 도피한 이래, 블라디보스토크에서 또다시 일본으로 송환되는 등 파란만장한 것으로 보이나, '나'는 그녀와 그녀의 과거에 대해 불신을 갖고 있다. 한편 그녀는 경제적 이유로 '첩'이 되겠다고 선언하고, 이에 '나'는 어째서인지 그녀와의 결혼을 결심하게 되는데, 이러한 일련의 과정에서 그녀의 도발이 주요하게 작용하고 있다. '나'는 과거에 상처 입은 그녀가 남자의 접근을 허락하지 않음으로써, 그녀에 대한 육체적 환상을 갖게 하며, 이러한 환상은 남자의 피를 끓게 한다고 말한다.

그녀는 나에게 알리지 않은 채 이사했다. 내가 이사간 곳을 알기까지는 한 달이 걸렸다. (…) ―운동하고 있을 때에, 지도적인 일을 하고 있던 박이라는 사람이 블라디보스토크에서 오라고 하잖아요. 내가 아니면 안되는 일이 있다고. 그리고 나, 국경을 ××××××했어요. 두 명의 동지가 있었지만, 두 사람 모두 잡혀서 나 혼자, 산 속을 부스럭거리며 기어다녔다구요, 한밤중에! 깜깜한 속을 이미 상처투성이가 된 채로. 그리고 박이 있는 곳에 잠시 있자 바로 감금되어 버렸다구요. 이상하다고 생각했죠. 그러다 5일째에 박이 들어와서 나를 자유롭게 해 주더라구요. 내가 박을 매우 존경했었는데, 설마 했지만… 난 저항했죠. 그랬더니 권총을 꺼내어 협박하는 거예요. 분하고 억울해서, 울었죠. 그리고 나서…―난 임신한 걸 알게 되었죠. 그러자 병원에 넣어져서 ×××당하게 되었어요. 한 달 정도 입원하고서 치료를 받고 송환되었죠.―나, 박이란 놈을 저주하여 결국 저주로 죽였어요. 뭐라

더라, 폐병과 신장병이 생기고 게다가 발광했다는 거예요. 내게
나쁜 짓을 하는 자는 모두 저주해요. 내가 저주를 하는 남자는
모두 죽는 다구요. 정말로! 세 명이나 죽었어요.

봉청화는 자신을 버린 남자에 대해서는 복수심을 표출하며, 자
신이 갖고 있는 '저주'의 힘을 과시한다. 하지만 '나'는 봉청화가
들려주는 그녀의 과거를 믿지 못하며, 봉청화의 이야기에 대해서도
믿음을 갖지 못하고 있다. '나'가 그녀를 믿지 못하는 것은 그녀가
'조선적'이기 때문이며, 그로 인해 '필연적'으로 보이지 않기 때문
이라고 설명한다. 그럼에도 불구하고, '나'는 그녀와의 결혼을 결심
하고 청혼하게 되는데, 이는 그녀의 몸에 '통렬한 뱀파이어의 피'
가 흐르고 있으며, 그녀의 육체에 대해 품는 환상이야말로 그녀를
매혹적으로 느끼게 하는 요인이라고 굳게 믿고 있다. '나'는 봉청
화에 대해 '뱀파이어'라는 흡혈귀를 연상함으로써 그녀에 대한 시
선을 구체화하고 있다. 이는 '나'의 봉청화에 대한 억압된 성적 욕
망으로 인한 '환상' 즉 에로티시즘을 상징하는 것이자, 치명적 매
력의 소유자인 봉청화에 대한 '두려움'은 흡혈행위라는 은유적 표
현을 통해 보여주고 있는 것이다. 다시 말해 뱀파이어가 피에 대한
탐욕성을 드러내듯이, 봉청화 역시 남자를 탐하는 존재, 더 나아가
파멸에 이르는 존재라는 사실을 드러내고 있다고 생각된다. 이는
봉청화 스스로가 세 명의 남자를 저주의 힘으로 죽음에 이르게 했

다는 일화를 통해 더욱 공고히 구축되고 있다고 보인다.14)

이시카와 다쓰조는 자신과 백신애를 모델로 한 소설을 「봉청화」 이전에도 발표한 바가 있는데, 「사격하는 여자」(『新早稻田文學』, 1931.8)에 등장하는 여자 주인공은 소설 「봉청화」의 '봉청화'처럼 저주의 위력을 지니고 있어 과거의 남자를 죽음에 이르게 했다고 묘사되고 있으며 「사격하는 여자」에서는 조선인이라는 사실은 은폐된 채 기술되고 있다.

> 나는 믿을 수 없는 부분이 많았다. 블라디보스토크에서의 사건도 만들어낸 것처럼 들리고, 오늘 첩이 된다는 이야기도 그대로 받아들이기 어려웠다. 그러나 그것이 실감나게 내게 들리지 않는 것은 그녀의 표현이 일본식이 아니고, 그녀에게 필연적인 행동도 내개 모두 갑작스럽게 보이기 때문이라고 생각하여, 역시 진실이라고 믿을 수밖에 없었다. 나는 결혼하려고 생각했다. (…) 그런 식의 짐작이 선명한 육체의 환상을 낳고, 통렬한 뱀파이어의 피가 봉청화의 몸속에 끓어오는 듯한 생각이 들어, 아무래도 그런 굉장한 그녀의 모습을 버리기 어려운, 매혹적이라고 조차 느끼는 것이었다.

---

14) '독부(毒婦)', '요녀(妖婦)'라는 소재는 메이지 시대부터 하나의 장르로서 대중소설 속에 유행하였다는 점을 감안하면, 봉청화라는 여성 등장인물이 남자를 죽음에 이르게 하는 팜므 파탈로서 묘사된 것은 다분히 통속적이고 대중적 소설로서의 특징을 강화하고 있다고 보인다.

'나'는 결국 봉청화에게 청혼을 하지만, 봉청화는 '당신이 후회할 뿐'이며, 자신은 '당신이 생각하는 것같은 선량한 여자가 아니다.'라고 말하며 이를 거절한다. 하지만 봉청화가 자신의 제안을 거절하는 순간, '나'는 이내 '그녀로부터 멀어진 기분'이 들게 되고, 제정신으로 돌아오자 '마늘을 익힌 냄새를 맡'고, 봉청화에게 청혼한 자신을 이해할 수 없게 되고 만다. 즉 '나'의 봉청화에 대한 청혼은, '평소 내 생활의 궤도에서 너무 떨어진 때의 일'이며, 과거회상을 하는 현재의 '나'에게 있어서 봉청화에게 청혼을 하고, 그녀에게 빠져 지냈던 기억은 '나의 패배'이자 '부끄러움'으로 '얼굴을 붉힐 수밖에 없는' 과거에 불과하였다.[15]

그로부터 반년 동안 '나'는 봉청화를 찾지 않고 '원래의 생활'로 돌아가 지내던 중 봉청화로부터 외로우니 방문해달라는 편지를 받게 된다. 다시 찾아간 '나'에게 봉청화는 자신과 결혼해주지 않겠냐고 말하지만, '나'는 그녀와 결혼한 의사가 없음을 전한다. 이에 봉청화는 자신의 오빠가 아버지의 명령으로 자신을 데리고 가기 위해 도쿄에 왔음을 알린다. 하지만 '나'는 오히려 고향으로 돌아갈 것을 권유하고, 그럼에도 울며 자신에게 매달리는 봉청화에게 '희롱당하고 있다.'고 느낀다. 3일 뒤 다시 그녀의 집을 찾았을 때에는 이미 편지만을 남긴 채 사라지고 난 뒤였다. 편지에는 '급히

---

15) 현재의 '나'가 과거를 회상하는 형식을 취하고 있는 「봉청화」라는 작품 자체가 과거 자신의 '어리석음'을 '변명'하는 성격으로도 볼 수 있다.

어떤 남자와 결혼하므로 더 이상 만날 수 없다.', '더 이상 만나고 싶지 않다.'는 말이 써 있었고, '나'는 곧 이 모든 것이 거짓이라고 생각하게 된다.

"제발 나와 결혼해주지 않을래요?" (…) "나를 저주하고 싶어 졌군." "아뇨, 구원해주길 바래요." "좀 늦었는 걸. 나는 이미 결혼할 마음이 없는데." (…) "제 오빠가 왔어요. 아버지 명령으로, 데리고 가서 결혼시킬 작정인 거죠. 그러니 난 이미 결혼했다고, 당신의 이름을 말했어요. 오빠는 그것만으로는 믿을 수 없으니 당신을 만나고 싶데요. 그러니까…" 그런 제멋대로인 생각에 대해 새삼스레 화를 내기에는 나는 이미 봉청화라는 여자에게 익숙해져 있었다. 나는 쓴웃음을 지으며, 그리고 친절하게 말을 건넬 뿐이었다. 당신은 고향에 돌아가는 것이 좋을 거라고 난 생각하는데. 도쿄에 있어도 좋을 거 없다구. (…) 내가 보기에 도쿄에 오빠가 왔다면서, 여동생 방에 없는 것도 이상했고, 오빠가 온 것 같은 어떤 증거도 방안에 없는 것도 부자연스럽게 생각되었다. 도대체 이 여자는 무엇을 꾸미고 있는 건지 알기 어렵다는 경계가 지금에서는 나의 감정을 움직이지 않게 해버렸다. 이해하기 어렵다는 점은 내게 강한 흥미를 불러일으키는 것이었지만, 그것이 애정의 형태로 바뀌는 시는 이미 지나버렸다.

'나'에게 있어 봉청화는 '수수께끼'와도 같은 존재이며, 끊임없이 수수께끼를 풀어서 그녀를 '해석'하고자 노력한다. '나'는 이해할

수 없는 존재인 봉청화를 철저히 타자화하고 있으며, 해석불가능성
으로 인해 그녀에게 호기심을 갖게 되지만 한편 '경계'의 대상이기
도 하기에 '애정'으로 발전되지 못한다. 이렇듯 '나'의 '봉청화'에
대한 시선은 나쓰메 소세키 등 메이지 시기의 많은 남성 작가의 작
품 속에서 발견되는 남성주체에 의한 전형적인 타자화된 여성상으
로 볼 수 있지만, '나'의 봉청화에 대한 시선에는 종주국 남성의 피
식민지 여성에 대한 시선 역시 중첩되어 있다고 볼 수 있다.16) 봉
청화에 대한 '나'의 시선이 식민지주의 언설의 유형을 답습하는 지
극히 오리엔탈리즘적인 것이며, 성적 욕망의 대상이자 불가해한 타
자에 대한 공포가 공존하는 복잡하고 굴절된 형태로 존재한다는
점을 잘 보여주고 있다.

그날부터 나는 냉정하게 되어 봉청화라는 여자가 갖고 있는
여러 수수께끼를 해석하고자 했다. 이것은 불완전한 해석이기는
하지만, 나는 애써 그 해석에 의지하여 그것으로 희롱당한 나의
어리석음을 자신에게 변명하지 않을 수 없었다. 그렇지만 내게
한번 결혼을 요구했을 때에는, 나는 분명히 그녀 안에 빠져들고

---

16) 봉청화 표상은 전형적인 피식민자의 표상을 잘 보여주고 있다. 호미 바바는 "흑인
은 야만인(식인종)인 동시에 또한 가장 순종적이고 고상한 하인(음식을 나르는 사
람)인 것이다. 그는 걷잡을 수 없는 성적 욕망을 드러내고 있지만 또한 어린아이
처럼 천진스럽다. 그는 신비스럽고 원시적이고 단순하면서도, 가장 세속적이고 능
숙한 거짓말쟁이이자 사회적 힘의 조종자이다."라고 언급하고 있다. 호미 바바,
『문화의 위치-탈식민주의 문화이론』(소명출판, 2002), p.174.

자 생각했다. 연애라든가 결혼이라든가 하는 문제에 질색하고 뭔가 진짜가 아니라고 느끼고, 되레 이해할 수 없는 그녀와의 통상적이지 않은 결혼에 빠져보려고 한 것이다. 그것만으로는 뭐라고 변명할 수 없는 나의 패배이자, 자신을 향한 부끄러움에 얼굴을 붉히지 않을 수 없었다.

봉청화가 '나'에게 편지만을 남기고 사라진 이후 평정심을 되찾은 '나'는 '이해할 수 없는' 그녀와의 '통상적이지 않은 결혼'까지 결심했던 과거를 돌아보며 그녀에 대한 수수께끼를 풀고자 노력하고, 하나의 해답을 얻게 된다. 즉 그녀는 '피해망상'에 사로잡혀 있었다는 것이다. 블라디보스토크에서의 강간, 낙태사건도, 자신을 버린 세 명의 남자를 저주의 힘으로 죽게 만들었다는 이야기 등 모든 것이, 그녀의 육체가 '나'의 환상의 산물인 것처럼, 그녀의 '망상'의 소산이라고 여긴다. 아울러 그녀가 아버지와 오빠의 강제결혼을 멋대로 '망상'함으로써 그로부터 도망가기 위해 '나'와의 결혼을 선택하려 했으며, 실현되지 않은 결혼 이야기 역시도 피해망상이었을 것으로 추정한다. 즉 현실로 돌아온 '나'의 시선에 의해 파악된 그녀의 이해할 수 없는 정체야말로 '피해망상'에서 비롯된 것이라 할 수 있다.

요컨대 그녀는 피해망상에 사로잡혀 있었던 것은 아닐까. 블라디보스토크의 사건도 세 명의 남자를 저주하여 죽였다는 이야

기도 모두 그녀의 망상에서 나온 것이었고, 허벅지가 나의 망상
이었던 것처럼 그저 그런 느낌이 들었던 것이리라. 그것을 넓혀
가서 나를 육체적으로 거부하고, 마침내 형의 박해를 망상하고
그리고 도망가기 위해 나를 선택했다. 그러나 내가 결혼을 승낙
했더라도, 아마도 실현되지 않았을 것이다. 이야기도 전혀 근거
도 없는 것이었다고 생각되지만, 그것도 또 하나의 피해의 환생
이 아니었을지.

그로부터 반년이 지난 뒤에 '나'는 조선에 돌아간 봉청화로부터
'빨간 봉투'에 담긴 편지를 받게 된다. 그녀는 편지에서 삼년간의
도쿄 생활에서 어느 하나 좋은 인상을 갖지 못했고, 모두가 자신을
괴롭혀 끝내 도쿄를 떠나게 되었지만, 그 가운데 유일하게 '나'에
대한 기억만을 그리워하고 있음을 전한다. 그리고 '선생님은 성인
이셨습니다.', '정말 선생님 같은 분은 없었습니다.'라며 조선에 방
문해줄 것을 바라고 있었다. '나'의 시선으로 기술되고 있는 작품
에서 편지 형식을 통해 '봉청화'의 '나'에 대한 유일한 시선을 엿볼
수 있는 부분이지만, 정작 '나' 자신은 '성인'이라는 표현에 당혹감
을 감추지 못한다.

　　반년정도 뒤에 나는 새빨간 봉투를 받았다. 그것은 잊고 있었
　　던 봉청화의 필적으로, 주소는 조선의 경상북도였다. "선생님은
　　잘 지내시는지요. 도쿄는 무엇 하나 제게 좋은 인상을 남기지 못

했습니다. 모두 다가와서 나를 괴롭히고, 결국 나를 내쫓고 말았습니다. 그렇지만 삼년간의 도쿄생활 중에서 다만 한 가지 그리운 기억은 선생님입니다. 선생님은 성인이셨습니다. 정말 선생님과 같은 사람은 없습니다. 다시 한 번 뵙고 싶습니다. 조선에 여행하러 오지 않으시겠습니까?' (…) 그럼 나는 성인이었을까? 당시에는 정말 성인이었는지도 모른다.

인용문에서는 봉청화가 '나'에 대해 내린 '성인(聖人)'이라는 평가에 관한 솔직한 심경고백이 드러나 있다. '나'는 오직 자기만이 봉청화에게 '친절'하고 '온화'한 존재로서, 다른 모든 남자들이 봉청화를 괴롭히고 '노리갯감'으로 삼았다는 사실을 알게 되자, 자신도 봉청화의 '무정한 남자들의 한 사람'에 다름 아니며, 그녀를 육체적으로 소유하지 못한 것에 대한 아쉬움을 토로하고 있다. 즉 '나' 역시도 봉청화의 '저주'로 죽음에 이르더라도 그녀와의 육체관계를 바라고 있었다는 의미에서 절대로 '성인'일 수 없으며, 실제로 교제과정에서 육체관계가 없었다는 의미에서는 그녀의 표현대로 '성인'일 수 있겠지만, 결국 그 마저도 자신의 뜻대로 관철하지 못한 자신의 '무기력함'을 '조롱'당하는 것으로 느끼며, 스스로를 '가짜 성인'이라고 기술하고 있다.

다시 말해 식민지 남성인 일본인 '나'의 시선이 '봉청화'에 대해 식민지인으로서, 여성으로서 이중으로 타자화된 존재로 바라보는 한계를 드러내고 있듯이, '나'를 바라보는 봉청화의 시선 역시 '나'의 실체를 드러내지 못하고 있으며, 서로의 실체를 파악할 계기를 갖지 못한 채 두 사람의 관계는 소멸되기에 이르렀다고 할 수 있다.

4. 맺음말

이시카와 다쓰조의 소설 「봉청화」는 내지인 남성과 조선인 여성 간의 연애라는 문제를 다루고 있는데 본고에서는 특히 일본인 남성 '나'에 의한 파악된 조선인 여성 '봉청화'라는 인물상을 중심으로 검토하였다.

'나'에게 있어 봉청화는 이국적인 존재로서 전형적인 조선인으로 표상되고 있다. 그녀는 조선인임을 은폐하고자 하며, '일본인'에 대한 동경과 갈망을 보여주고 있으며, 동시에 일본인에 대한 증오감을 적나라하게 드러내는 인물이다. 이러한 봉청화의 표상은 일본인 남성 '나'와의 관계에 있어서도 내지인/조선인, 식민자/피식민자의 구도를 보여주며 관계에 끊임없이 개입한다. 이러한 '나'의 시선에 포착된 봉청화 표상은 식민지소설에 있어서의 전형적인 피식민지인의 유형을 답습하고 있다고 보인다. 그러나 지배적인 식민지주의의 언설을 문학화한 것처럼 보이는 이 소설에서 '나'는 '봉청화'에게 일본이 행한 조선침략의 부당성을 주장하는 등 봉청화에 의해 흔들리며 균열을 보여준다. 또한 '뱀파이어'로 상징되는 팜므 파탈적인 봉청화의 표상은 '나'의 호기심과 두려움이 혼재된 식민지적 환상과, 그에게 내재된 성적 억압과 봉청화를 욕망의 대상으로 바라보는 시선을 잘 보여주고 있다고 할 수 있다. 현재의 '나'가 과거 회상의 형식으로 기술하는 소설 「봉청화」는 '나'와 봉청화 두 사람의 엇갈린 시선을 통해 결코 서로의 실체를 파악하지 못한 가운데 관계의 파탄을 맞이하는 과정을 그려내고 있다.

이시카와 다쓰조는 동시대의 가장 상징적인 문제를 소설화한 작가로서 격동의 쇼와문학에서 사회파를 대변하는 기수가 된 작가이다. 제1회 아쿠타가와상을 수상한 데뷔작 「창맹(蒼氓)」(1935)에서는 브라질 이민문제를, 「음지의 마을(日陰の村)」(1937)에서는 수몰되는 마을의 양상을, 「살아있는 군인(生きている兵隊)」(1938)에서는 전쟁터의 일본병사의 문제 등 동시대의 가장 저널리스틱한 주제를 다루어왔다.17) 그는 단순히 시류에 영합하는 소재를 취해 문학화하는 것이 아니라, 통속성과 대중성을 겸비하여 시대를 예리하게 관찰한 작품을 발표해왔다고 할 수 있다.

식민지 정책의 일환으로서 내선일체와 내선결혼이 주창되던 시

---

17) 『國文學解釋と鑑賞』 70(2), 2005.2, pp.22-23.

기에 발표된 이시카와 다쓰조의 「봉청화」는 실제로 일본인 작가 이시카와 다쓰조와 한국의 여류작가 백신애를 모델로 하고 있으며, 작자의 실제체험과 당시의 시국적 요청인 내선결혼(연애)라는 주제를 소재적으로 차용하여 내선연애에 내포된 한계와 모순을 보여주는 대중소설로서 창작되었다고 판단된다.

어느 식민지 여성의 초상
─백신애의 흔적을 찾아서

1. 이시카와 다쓰조와 백신애

2016년 4월 24일 일본에서 한국의 여성작가 백신애를 모델로 한 연극이 상연되었다. 제목은 「조! 선! 인!」으로 이시카와 다쓰조의 소설 「봉청화」와 백신애의 일본어 수필 「여행은 길동무」를 원작으로 한 2부 구성의 연극이었다. 단 한차례 공연된 이번 연극은 이시카와 다쓰조의 소설 「봉청화」를 '조선에서 영화배우가 되기 위해 도일하여 좌절한 조선인 여성의 다큐멘터리'로 해석하고 있음을 엿볼 수 있는데,[1] 또한 종래 한국의 선행연구에서 공백으로 남아

---

[1] http://uoh.seesaa.net/s/article/437159965.html/ 이번 연극의 기획자이자 공연자인 모치다 무쓰 씨가 운영하는 블로그에 공개한 글로, 당일에 배포된 연극 팸플릿의 내용을 토대로 하고 있다.

있던 도일 후의 백신애의 행적에 대해 시사점을 던져준다는 점에서 매우 흥미롭다.

백신애를 모델로 창작된 소설들이 생전 백신애의 흔적을 내포하고 있으며 이러한 모델 소설들의 연구도 백신애 연구에 포함되어야 함은 두말할 나위가 없을 것이다. 하지만 기존의 백신애 모델 소설은 백신애 연구영역에서 간과되어 왔으며, 특히 백신애의 일본 유학 시절에 관해서는 백신애 자신이 밝히고 있지 않기 때문에 공백으로 남아있었다고 할 수 있다. 본서에서 백신애를 모델로 한 소설들을 대상으로 한다는 것은 이러한 백신애의 흔적을 쫓는 작업이기도 하다. 우선 일본과 한국의 남성 작가들이 백신애를 모델로 한 소설을 어떻게 발표하게 되었는지 살펴볼 필요가 있을 것이다.

이시카와 다쓰조는 수필집 『부끄러운 이야기 · 기타』에 수록된 「한반도와 나」라는 글에서 백신애와의 관계에 대해 다음과 같이 자세히 기술하고 있다.

불확실한 이야기이지만, 아마도 1981년경에 호남방면의 어딘가에 히바리가오카라는 영화촬영소가 있었고, 곧 폐쇄된 듯하다. 오카다 사부로라든지 아키타 우자쿠 몇 명 문사들과 관계가 있지 않나 싶다. 그것이 폐쇄되었을 때, 소속 배우들 모두가 실업자가 된 것 같다. 배우 모집 선전에 이끌려 조선에서 온 젊은 여배우가 있었다. 조성희(照星熙)라는 예명은 오카다 사부로가 붙여주었다고 나는 들었다. 실업자 된 이후 그녀는 긴자 뒤편의 술집에서 일하고 있었다. 일본어는 능숙했지만, 조선인 사투리가 있었다. 그것이 오히려 혀 짧은 듯한 일종의 매력이 되었다.[2]

이시카와 다쓰조는 백신애가 배우를 꿈꾸며 일본에 건너간 뒤에 영화배우로 활약하다가 영화촬영소 폐쇄 이후 실직상태로 술집에서 근무하던 시절에 만나게 되었다고 언급하며, 반년 정도 백신애와 교유가 이어졌고, 백신애의 귀국 이후 소식을 듣지 못하고 있다가 조선을 방문했던 아키타 우자쿠 씨로부터 그녀의 부음을 전해 들었다고 기술하고 있다. 1938년에 발표된 소설 「봉청화」에서 주인공 '나'와 '봉청화'가 각각 이시카와 다쓰조와 백신애를 모델로 한 것이며, 두 사람의 실제 교유의 산물임은 이시카와의 수필에서 언급하고 있는 내용과 소설의 내용이 상당부분 일치한다는 점을 통해서 확인해볼 수 있다.

이는 기존의 선행연구에서 이윤수 씨가 백신애의 일본에서의 행적과 이시카와 다쓰조와의 관계에 대해 기술한 부분과도 부합된다.

동경으로 건너가자, 문화학원에 들랴했다(역자 주 : 원문 그대로). 그러나 권하는 사람이 있어 일대(日大) 예술과에 적을 두고 문학과 연극을 함께 했다. 당시 동경에서의 일인 문우로서 이시카와 다쓰조 씨와 가장 친교가 두터웠다. 이시카와 씨는 그 당시 주간지 국민시론의 견습 기자에 지나지 않았던 것이었다. 그리고 일

---

2) 石川達三「朝鮮半島と私」『恥ずかしい話・その他』(新潮社, 1983), pp.91-93.

인 어느 작가는(작품명 및 작자명 미상) 그를 모델로 하여 소설의 히
로인으로 등장시킨 일이 있었다. '히바리가오카-종달새언덕-
라는 두던(역자 주 : 언덕)이 있다. 마침내 그의 임종의 곳이 되어버
린 것도 이 두던에서 지냈던 옛 추억들이었던 것이다.

백신애가 일본에 간 것은 1930년 5월 일본에 건너가 체호프 작
품 「개」를 무대에 올린 연극에서 주인공으로 열연했으나 호응이
좋지 않아 연극을 그만두었다고 알려졌으나, 이와 같은 일본에서의
행적을 입증할 자료는 없었다. 이시카와 다쓰조의 증언은 이와 같
은 백신애의 행적을 유추할 수 있는 결정적인 자료라 할 수 있다.
모치다 무쓰 씨의 조사에 의하면, 1930년에 발행된 일본의 영화잡
지 『키네마 순보(旬報)』 363호(4월 21일)에 「일본 키네마 제작 주식회
사」의 여배우의 한 명으로 '조성희'라는 이름을 확인할 수 있고, 이
어서 365호(5월 11일)에서 그녀가 일본 키네마 제2회 작품 『모던 마담』
에 출연한 것이 스틸사진과 함께 확인할 수 있다.[3] 1931년에 집안
의 경제적 지원의 중단으로 봄에 일시 귀국했다가 부모의 결혼 강
요로 재차 도일한 것으로 알려져 있으므로, 1930년에서 1931년에
걸쳐 이시카와 다쓰조와 백신애는 친교를 맺었던 것으로 짐작되며,
재차 도일한 이후 식모, 세탁부와 같은 일을 하면서 일본 생활을
했다고 알려져 있는데, 이시카와와 만났던 술집에서도 영화사 실직

---

3) http://uoh.seesaa.net/s/article/437159965.html/

이후에 여급으로 일했을 것으로 유추된다. '일본 키네마'는 오카다 사부로가 세운 영화회사로, 이 회사가 영화『모던 마담』을 끝으로 도산한 이후에 백신애는 영화배우로서 일을 할 수 없게 되자 여러 일자리를 전전했을 것으로 여겨진다.

2. 남성 작가에 의한 일그러진 초상

『원본 백신애 전집』에는 두 장의 백신애의 사진이 실려 있다. 한 장의 사진은 '1930년 일본 유학 시절'에 찍은 것으로 추정되는 매우 세련된 모던걸 풍의 신여성의 모습이다. 또 한 장의 사진은 '20세 무렵'으로 추정되는 하얀색 한복 차림에 쪽머리를 한 '조선 아낙' 같은 소박한 모습의 여인이다. 미인이라는 점에서는 차이가 없지만 한쪽은 짙은 화장의 범상치 않은 포즈를 취한 도발적인 인상이라면, 다른 한쪽은 정면을 응시하는 맑고 서늘한 눈매가 어딘가 순수한 느낌으로 맑은 인상으로 보인다. 동일인물이라고 말하지 않으면 전혀 다른 사람처럼 분위기도 사진의 질조차 너무도 차이나 보이는 대조적인 사진 속의 여인은 본서에 수록된 세 편의 백신애 모델 소설과 백신애의 수필과 그녀의 여러 소설을 연상케 하는 풍모이다. 한국과 일본의 남성작가들이 그려낸 백신애를 모델로 한 여성

등장인물들의 인상은 첫 번째 사진과 매우 흡사한 도시의 신여성이고, 백신애가 그려낸 소설의 여주인공 혹은 수필 속의 자신이 그려낸 자화상은 두 번째 사진에 가깝다는 느낌을 지울 수 없다.

이시카와 다쓰조는 1931년에 「사격하는 여자」, 1938년에 「봉청화」, 백신애를 모델로 한두 편의 소설을 발표하고 있다.4) 두 작품 모두 여성 주인공의 묘사에 있어서 매우 도발적이며 팜므 파탈적인 여성으로 그려낸다는 공통점을 발견할 수 있지만, 「사격하는 여자」에서는 조선 여성이라는 점이 드러나지 않게 묘사하고 있고, 반면에 「봉청화」에서는 조선의 여성이라는 점이 매우 강조되어 있어 여주인공의 묘사의 차이점을 드러내고 있다. 더 나아가 같은 여성을 모델로 한 소설이라는 점을 배제하고 읽는다면 전혀 다른 여성으로 읽힐 수도 있을 만큼 다른 결과의 소설을 창작한 셈이다. 또한 이시카와는 백신애 이외에도 일본의 여성작가 마스기 시즈에(眞杉靜枝)5)를 모델로 하여 『꽃의 부초(花の浮草)』(『小說新潮』, 1964.1~1965.8)라는 장편소설을 창작한 바 있는데, 마스기 시즈에의 남성편력을 다

---

4) 장혁주의 「편력의 조서」에서 백신애를 모델로 한 여성등장인물이 이 두 작품 외에도 이시카와 다쓰조의 소설이 한편 더 있다고 언급하고 있지만, 아직까지 확인되지 않고 있다.

5) 마스기 시즈에(眞杉靜枝, 1901.10.3.-1955.6.29.) 일본의 여성 소설가. 아버지를 따라 대만에서 생활하였고, 대만의 간호부 양성소를 졸업하고 병원에서 근무하였다. 타이피스트, 사무원을 거쳐 오사카 매일신문 기자가 되고, 무샤노코지 사네아쓰를 비롯한 여러 작가들과 다양한 남성편력을 거치며 하세가와 시구레의 『여인예술』에 참가하는 등 문학활동을 활발히 전개하였다. 그녀를 모델로 한 소설은 이시카와 다쓰조 이외에도 요시노 노부코, 하야시 마리코 등 여러 작가에 의해 창작되었다.

분히 악의적으로 묘사하여, 그의 여성인물 묘사는 근대 남성작가의 편향된 시각을 보여주고 있어 백신애를 모델로 한 소설들 역시 이와 같은 점을 고려할 필요가 있다고 판단된다.

그렇다면 백신애를 모델로 여러 편의 소설을 창작한 장혁주의 경우는 어떠할까? 장혁주는 본서에 수록한 「편력의 조서」에서 백신애를 실명으로 등장시키며 장혁주 자신과의 관계를 적나라하게 고백하고 있는데, 이외에도 「월희와 나(月姬と私)」(『改造』, 1936.11), 「어느 고백담(ある打明話)」(『白日の路』수록, 1941.10, 南方書院), 「이속(異俗)의 남편(異俗の夫)」(『新潮』, 1958.5) 총 네 편의 소설에서 백신애를 모델로 한 여성을 소설 속에 등장시키고 있다. 각각의 소설에 등장하는 여성 등장 인물은 백신애의 전기적 사실에 근거해 묘사하고 있는 듯이 보인다. 「어느 고백담(ある打明話)」에서는 "나 서른이 되기 전에 아이를 낳고 싶어요, 어차피 낳을 거라면, 머리 좋은 사람의 아이를 낳고 싶은 거잖아요."라고 이야기하거나 "이번에는 그녀에게 사랑에 빠져 그녀가 거절했기 때문에 폐병에 걸려 죽은 소년이나, 그녀의 최초의 남성인 테러리스트,6) 그녀가 시베리아를 방랑한 시절 그녀를 총살하기 위해 왔던 게베우가 그녀의 포로가 된 이야기 등을 하는 것이었다."와 같은 부분은 「편력의 조서」에서 백신애를 모델로 한 인물

---

6) 모치다 무쓰 씨는 장혁주의 또 다른 소설인 「분기(奮起)하는 자(奮い起つ者)」(『文藝首都』, 1933.9)에 등장하는 테러리스트가 이시카와 다쓰조의 소설들에 등장하는 각각 '테러리스트'와 '박'으로 불리는 조선인 운동가 남성일 것으로 추측하고 있다.

이 장혁주를 모델로 한 인물에게 이야기한 내용과 거의 흡사하며, 그녀로 인해 죽은 남성의 이야기나 시베리아 방랑시절의 이야기는 각각 이시카와 다쓰조의 소설이나 백신애의 일본어 수필 「나의 시베리아 방랑기」의 내용과 부합하는 내용이라고 볼 수 있다.

이와 같은 사실을 전제로 살펴보더라도 이시카와 다쓰조와 장혁주 두 남성작가의 백신애 묘사는 남성작가의 시선으로 윤색되어 실제 백신애와는 비대칭적인 여성인물이라는 점을 곳곳에서 발견할 수 있다. 부록에 수록한 졸고에서 분석하였듯이, 이시카와 다쓰조의 「봉청화」 속의 '봉청화'는 주인공 '나'가 도저히 이해할 수 없는 수수께끼와 모순 투성이의 인물이자, 자기 편의대로 쉽게 거짓말을 하는 이중인격자이고, 자신의 여성성을 무기로 남성을 좌지우지하고자 하며, 더 나아가 남성을 죽음에 이르게 하는 팜므 파탈의 종결자이다.

장혁주의 경우에는 실제로 백신애와 장혁주의 불륜 관계가 존재했고, 남편 이근채에게 불륜사실이 발각되고서 백신애는 이혼하게 되며 장혁주가 일본으로 건너가게 된 계기가 되었음은 알려진 사실이다. 하지만 장혁주의 자전적인 소설인 「편력의 조서」의 경우, 백신애에 관해 상당부분 할애되어 그려져 있는데, 백신애의 묘사에는 다분히 악의적인 묘사나 사실로 보기 어려운 묘사가 포함되어 있다고 보인다. 예를 들어 백신애와의 불륜사실을 알게 된 백신애의 남편이 장혁주에게 칼부림을 하는 장면은 매우 스릴 있게 묘사되고 있지만, 이와 같은 실제 사건이 당시에 있었는지 여부는 확인하기 어렵다.[7)

152

일본과 한국의 두 남성작가의 소설 속에는 실제 두 사람과 백신애와의 관계에 기초한 백신애의 흔적을 찾아볼 수 있지만, 허구를 표방한 소설로 창작된 만큼 백신애를 모델로 한 여성 등장인물은 백신애의 분신이라기보다는 백신애의 실제 모습을 표방한 그녀의 일그러진 초상으로 보인다. 안타깝게도 이들 두 남성작가의 소설에 대해서는 백신애는 어떤 말도 남기지 않고 있다. 남성작가에 의한 여성 작가의 일그러진 초상을 바로 보기 위해서 필요한 것은 백신애 자신이 남긴 글들을 통해 그녀 자신의 자화상을 확인해보는 것 외에 다른 방법이 없을지도 모른다.

3. 여성 작가의 자화상

백신애는 일제 강점기라는 어두운 시대를 짧지만 치열하게 살고 떠난 여성이다. 부유한 집안 환경 속에서 오빠 백기호의 영향 아래

---

7) 백신애 전기를 펴낸 이중기 시인은 "많은 과수원 일꾼들이 지켜보는 가운데 남편 이근채가 칼부림을 할 정도로 사단이 났다면, 수 없이 많은 날개를 단 소문은 대구 저자거리까지 휘젓고 다녔을 건은 뻔 한 이치였다. 하지만 그런 소문 한 티끌 돌아 다니지 않았다. 날품을 파는 과수원 인부들 입을 협박과 돈으로 틀어막을 수 있었 을까. 쉬쉬하는 일일수록 민들레 홀씨 날리듯 그렇게 사람들에게 다가가는 것 아니 겠는가. 만약 그랬다면 이윤수가 「백신애 여사의 전기」에서 그것을 밝히지 않고 넘 어갔을까."라고 기술하며, 「편력의 조서」의 기술에 의문을 표하고 있다. 『방랑자 백신애 추적 보고서』(전망, 2014), p.198.

사회주의자로서 일찍이 여성운동에 투신하였고, 한국에서 최초로 조선일보 신춘문예로 등단하게 되었으며, 식민지 조선의 현실을 예리하게 파헤친 사회주의적인 성향의 소설을 다수 발표하여 한국 근대문학 여성작가의 계보에 굵직한 한 획을 그은 작가이다. 그녀가 남긴 소설 외에도 본서에 수록한 일본어로 발표한 수필들은 그녀의 민낯을 들여다볼 수 있는 그녀의 자화상으로 보기에 손색이 없어 보인다. 그녀가 창작한 소설이나 국문으로 남긴 글들과는 다른 분위기의 밝고 낭만적인 색채의 글들이 많은 것이 특징이다. 「인텔리 여성의 집」은 가장 먼저 일본어로 투고한 글로 당시 조선의 현실에서 '인텔리 여성'으로서 살아가는 고민의 흔적을 엿볼 수 있다. 「봄 햇살을 맞으며」는 유복한 가정에서 자란 백신애의 밝고 따뜻했던 가정의 모습을 추억하는 글로서 아버지 백내유를 그리워하는 백신애의 심경을 담고 있다. 「나의 시베리아 방랑기」는 『국민신보』에 2회에 걸쳐 연재한 글로서, 그녀가 머나먼 시베리아 방랑을 꿈꾸게 된 어린 시절부터 실제 밀항을 통해 시베리아 땅을 밟고 투옥되어 고초를 겪고 귀환하게 된 자신의 과거사를 다분히 낭만적이고 아름다운 추억으로 되새기고 있다. 마지막으로 그녀의 유고가 된 「여행은 길동무」는 '나는 당신 뒤를 따라 지옥으로 가는 동반자가 되겠습니다.'라는 글귀에서 볼 수 있듯이, 니키 히토리라는 지인의 부고를 접한 뒤에 고인과의 추억을 더듬으며 백신애 자신의 죽음을 예감케 하는 글이다.

니키 히토리는 본명 이노우에 고타로(井上豪太郎)로 1934년 결성된 '신협극단(新協劇團)'의 배우 겸 경영 선전부장으로 알려진 연극인으로, 백신애와는 1938년에 행해진 신협극단의 조선 흥행 때에 공통의 지인을 통해 알게 된 것 같다. 그 연극 활동을 '쓰키지 소극장'에서 시작한 니키 히토리는, 쓰키지소극장의 분열 이후에는 '신 쓰키지 극단' 그리고 '도쿄 좌익극장'과 프롤레타리아 연극을 표방하는 극단으로 배우로 활약한 후에 신협극단의 발전에 진력했지만, 조선 흥행 후에 귀국한 1939년에 장티푸스로 인해 31세라는 젊은 나이에 사망한 인물이다.

　백신애는 니키 히토리와의 인연을 추억하며 그녀의 병에 대해 언급하고 있는데, 니키 히토리가 죽은 지 5개월 뒤인 6월 25일에 췌장암으로 그를 뒤쫓듯이 세상을 떠난다. 백신애가 이토록 니키 히토리의 죽음을 애도한 것은 일본에서 영화배우로 활약한 이력과 무관하지 않다고 보인다. 이제까지 밝혀지지 않았던 백신애의 일본에서의 행적과 그녀가 애도한 니키 히토리라는 인물에 관한 수수께끼는 백신애를 모델로 한 연극 공연을 계기로 분명히 밝혀졌다고 할 수 있다. 백신애를 모델로 한 남성작가의 초상과 백신애 자신의 자화상 간의 간극을 어떻게 이해할 것인가에 관한 의문은 여전히 진행형이다.